小野允雄
金山嘉城
林 知佐子
葉山弥生
堀江朋子
森下征二
よこやま さよ

志村有弘［解説］

# 現代作家代表作選集 第7集

鼎書房

目次

# 麦藁帽子

小野允雄

一九六二年の夏、僕は大学二年生だった。その年の東京の夏は例年どおりとても暑かったことをおもい出す。その夏、僕は同じ大学の友人とふたりで友人の郷里である長崎まで旅行しているのだが、東京駅の蒸し暑いプラットホームの情景を今でもよく記憶している。その旅は、以前から計画を立てていたというわけではなく衝動的なものだといってもさしつかえない。僕はといえば、東京より南に旅行をしたのはこのときが初めてだった。南国はおびただしい光に充ちていた。光はまるで洪水のように僕に降りそそぎでいた。父の転勤の関係で北海道と東北地方の都市だけに住んでいた僕はこの光に圧倒されていた。しかし、それは不快なものでは到底なく、むしろ、この光に好んで身を委ねていたといえる。

約一〇日間の旅を終え、長崎からの帰り僕は一人になっていた。一人で旅をするのは初めてだった。一人になると旅の景色が変わってみえた。とりたてていうほどのことでもない風景が僕を刺激する。

僕は予定どおり山陽本線沿いにあるO市に着いた。O市で乗り換えて四〇分ほど電車に乗ると叔父夫婦の家がある小さな駅に着く。旅の前から叔父の家を訪ねることにしていた。

ずっと前から僕は叔父夫婦の家を訪ねることを約束していたのだ。が、U市は東北からは遠すぎた。叔母は母の妹で小さい頃僕を可愛がってくれていた。

O市で降りて僕はU市に向かうローカル線の古ぼけた電車の中で通り過ぎて行く駅の名前に注意する。自分の降りる駅を見落とすのではないかという一抹の不安があったからだ。地図を持って来るべきだったと考えたりもした。そのうえ、この旅は始めからきままな旅で日程もきちんとたてていなかったので、旅に出る前、僕は東京の下宿からU市のK駅に着いたら電話をするとだけ叔母に伝えていた。「じゃあそうして。小さなところだから誰に聞いても私の家は分かるわよ」と叔母は言った。だから、僕は予告もせずに叔母の家を訪ねようとおもっていた。

夕刻、僕はK駅に着いた。とても小さな駅だった。駅に降りた乗客は僕を含めてたったの五人だった。駅員は見慣れない僕に「どこに行くのですか」と訊く。そう、田舎の駅の雰囲気なのだ。僕は叔父の名前を告げた。駅員は頷き、僕が訊ねる前に僕に親切に道順を教えてくれた。駅前は閑散としていた。店もない。U市といってもK駅付近は郊外で村の雰囲気があった。僕は重いボストンバッグを持ち駅を出る。踏切を渡り、教わった道路を一人で歩き始めた。僕は電話をしないでいきなり訪ねて叔母夫婦を驚かそうとおもったものの漠然とした不安を感じ始めていた。歩いているあいだに次第に不安にかられてくる。全く別の方向を歩いているのではないかと。踏切を渡り終えると、二つの道に分かれる。そのとき、一瞬躊躇う。が、僕は右手の道路を選択した。駅員は右手の道路を指示していたはずだと何度も反芻する。僕は重いボストンバッグを道路の端に置き立ち止まった。両側が田圃で長い道が続いている。陽は落ちている。また、駅に戻るべきかどうかと思案する。僕は振り返って田圃の向こうにある小さな駅舎を眺める。夕陽が駅舎を包んでいる。

そのときだった。叫び声を聞いたようにおもった。再び、振り返ると叔父が道路のずっと向こうを走っている。

叔父の懐かしい笑顔と独特の言葉があった。「駿ちゃんが来るかとおもって縁側から毎日眺めていたよ」

叔父の家から駅が見えるのだった。僕はこうして叔父の家に一週間滞在する予定を超えて、結局三週間を過ごすことになる。


時は瞬く間に過ぎた。叔父の家は古くて大きかった。家のあちこちに建物の年輪を見ることができた。外は焼けるように暑いのに、家の中は風通しがよく、しのぎやすかった。玄関のそばの八畳間が僕の部屋になった。ここでの日常生活は東京にいるときと比べて規則的だった。午前中の比較的涼しい頃、僕は縁側にテーブルを持出し毎日少しずつ刑事訴訟法の勉強をした。その当時、司法試験のことがいつも頭のすみにあった。少しずつでも勉強していると気持ちが落ち着いた。午後は昼食を摂ってから少し休み、夏期休暇の補習授業から帰宅する高校生の従弟と海に行く。瀬戸内海まで歩いて五分ほどで行ける。なんという眩しい贅沢な光だろう。陽は強く、じりじりとした暑さがからだ中を包んだ。引き潮の海岸を僕たちは沖に向かって歩く。僕たちはよく泳いだ。満潮の気配になると僕たちは岸に向かって走る。ときには遠出して隣のN町の海岸まで行った。また、叔父ともあちこちよく歩いたりしたものだ。

叔父はS市の高校の美術の教師だった。だから夏は比較的自由だった。木漏れ陽の下で叔父の祖先の墓地の叢に座って叔父の話を聞いた。海に面する、古びた小さな展望台で午後を一人で過ごしたこともある。叔父の家に帰り、僕は少し仮眠した。目覚めると、夕食まで叔父の家の広い庭の気に入った木陰に行きそこに椅子を置き黄昏まで本を読んだり、叔母の庭の草むしりを手伝ったりした。雑草は至る所に繁茂していた。黄昏になると少し涼しくなった。夕食は楽しいおもい出として残っている。叔父と酒を飲みながら芸術とか人生のこととか色々なことを議論した。

僕はといえば自分の人生がようやく始まった頃だと考えていたが、おそらく、叔父は人生の黄昏を前にしていた時代ではないかとおもう。絵画についてよく知らないが僕は叔父には才能があると考えていたので、叔父が開花しないのは不遇だと考えていたのではないかとおもう。が、叔父は屈託なく若い僕と絵画について真摯な議論をしていたことを今でもおもい出す。今考えても信じが難いとおもう。

叔父の家での生活は単調なのになぜか僕にとって後年までこの三週間が記憶に残るのである。もちろん、この間に叔父は、S市の美術館とか繁華街を案内してくれたり、ビヤガーデンに行ったりした。しかし、それらの記憶は薄れ、むしろ、叔父の家とかその付近での毎日の生活が僕に懐かしさを与えてくれるのだ。

叔父の家に来てほんの間もない日の或る夕刻のことを僕はよく覚えている。この家に来た当時、夕食の買い物に叔母によくついて行った。そのときのことだ。叔母と買い物から帰って来たとき、叔母の家の近くで五、六人の中年の女性が叔母の家の近くの小路で立ち話をしているのに出会った。僕の見るところでは叔母はその一団を避けたいように見えた。が、一団の一人がめざとく叔母を見つけた。叔母もその一団におそらく仕方なく近づいて行ったようにおもう。そのあと一団の人たちの会話は殆ど僕の記憶から欠落している。僕の記憶に残っているのは、そのとき、通りかかったもう若くはない一人の通行人を見て一団の人々が何か小声でささやいていたことだ。叔母とそのうちの一人の中年女性と僕がその一団と別れて歩き始めて間もなく、叔母は、僕をその女性に紹介したこと、その人の名前が北原さんだということ、叔母がその地の言葉で北原さんに「ああいう話は好かない」という趣旨のことをいっていたこと、叔母の言葉に北原さんも同意していたこと、一団の人たちが小声でうわさしていた通行人は部落民であったこと等が記憶に残っている。僕は東北に住み、また、当時は東京に住んでいたせいか、部落民に対する差別を殆ど見聞したことがなかった。後年部落民の差別問題に触れる機会を持つとき僕はいつもこの光景をおもい出す。

どちらかというと僕は内向的な性格だったのに僕は北原さんの長女である彰子と間もなく友達になった。

北原彰子のことを僕が意識するようになったのはいつのことなのかははっきりしない。叔父の家を訪ねて行ってから間もなくの頃なのか、それともだいぶ日時が経過してからのことかよくおもい出せない。彰子を見かけたのは、多分、僕が刑事訴訟法の勉強をしている部屋の縁側からだったとおもう。縁側から斜め向かいの道路の向こうにやはり古風な作りの家があった。その家がいつか叔母が紹介してくれた北原さんの家だった。勉強に疲れると僕は外を眺めていた。屋根の作りは東北とは違うし、庭木も台風にいつも備えていた。その斜め向かいの家からジーンズと白いTシャツを着た若い女の子が買物篭を持って出て来るのを見かけた記憶がある。そういう記憶が何度かある。が、あるとき視線が合ったと。そのときから僕は彼女を意識するようになったとおもう。それが彰子だった。

僕は或る午後、庭の北側にある蘇鉄の木陰で本を読んでいた。僕が座っている庭のすぐ手前に垣根がまわされていた。その外側に人が二人程歩けるような小道が続いている。そのとき、女の子と母親らしい人が歩いて来る。母親は北原さんだった。女の子が彰子だった。北原さんが挨拶をした。

「少し涼しくなりましたね」

「ええ」

少しのあいだ僕は北原さんととりとめのない話をした。彰子を初めて近くで見た。僕は惹かれた。彼女の名前が彰子だとそのとき分かった。

次の日の午後、僕は従弟と海から帰る途中彰子に会った。従弟は彼女と話しをしている。この付近の雰囲気は本当に村のようだった。誰もが知り合いのようだった。誰ともなく誘い合い、彰子と従弟と僕はアイスクリームを売っている店の前の椅子に座りアイスクリームを食べながら話をした。そのとき、僕は彰子を意識していて彼女とはおもうように話ができなかったことをおもい出す。が、彰子と従弟はちょうど姉弟のように喋っていた。僕たちは明日、N町まで泳ぎに行こうということになった。午後の熱い光を浴びながら僕たちは長く続く田園の細い道を歩いた。間もなく、僕は彰子と自然に会話ができるようになっていた。

今でも印象に残っているのは夕食のときのことだ。一日の心地良い疲れを冷たいビールで癒し叔父と議論を交わすときだ。それは楽しいひとときとしておもい出す。そのそばで叔母も従弟も議論に加わる。

或るときこういう話になったことがある。

「この地で生まれ、この地で育ち、この地で死んでいくひとのことを考えるのよ」

叔母はそう言った。それは、どのような意味合いにもとれた。その当時、叔母は、叔父の不遇をなげいているようなことを母から聞いた記憶がある。本州の最北端から本州の最南端に嫁いだ叔母は、徐々にその地で生涯を終えることになるのを受容していたのかもしれない。叔父は、東京の大学に居たことがあるものの結局この地で生涯を終えることになるだろう。もし、人生の何かの契機で彼の才能が認められる機会があったら、叔父は画家として、たとえば、東京で活躍していたとも考えられる。叔父が郷里でのこのような生涯を好んで選択したわけではないだろうとおもう。叔母の言葉について叔父は何も言わなかった。僕はこのときの会話をどこか哀しみをともなった感情でおもい出す。が、後年、叔母にあったとき、叔母はまったくこの会話を忘れていた。彼女はこの地にすっかりなじんでいた。

僕は彰子と知り合ってから叔父の家族と同様に彼女とも過ごす時間が多くなった。

夏の午後、僕が庭にいると彰子は庭の裏手の入り口から入って来た。従弟を交えて談笑したり、庭の木陰にテーブルを置き、叔父や従弟を交えてトランプに興じたりする。一陣の風が吹き抜ける。草木がそよいだ。ほつれ毛をかきあげるときの彰子はきれいだとおもった。彰子は麦藁帽子をよく首から後ろにぶらさげていて、日差しの強いときそれをかぶる。南国の陽射しは本当に強かった。叔父も僕に麦藁帽子を貸してくれた。それで僕もよくその麦藁帽子を持ち歩いた。

叔父の家に滞在したときのいくつかの写真を持っている。その中で彰子と一緒に撮った写真がある。叔父が撮ってくれたものだ。叔父の庭の海手に面した石垣の上で撮ったものである。二人は、石垣の上に並んで座っている。彼女は、微笑んで麦藁帽子を軽くかぶっている。僕はといえば麦藁帽子を胸に抱えて考えごとをしているような表情だ。叔父の家の庭にたくさんの蘇鉄の木がある。写真の背景にある蘇鉄の木がいかにも南国らしく見えるのだ。この写真はモノクロームであるが、あの濃い緑色の蘇鉄の葉は今でも僕の脳裏に焼きついている。熱い夏の静かな庭、生い茂る蘇鉄の木、写真の中の僕たちは彫像のように動かない。

従弟と僕の海水浴に彰子もときおりついて来ることがある。潮の満ち干の激しさをこの瀬戸内海で僕は初めて体験した。ずっと沖合まで潮が引く。或るとき、沖合にある小さな島で僕たちが話しに夢中になっているあいだに潮が満ちて来た。次第に満ちてくる潮に僕はかなりうろたえていた。島の周りの砂浜にいつのまにか波が打ち寄せているのに気がつく。波が島の岩にぶつかる音がする。海岸がずっと向こうなので僕はすっかりあわててしまったのだ。

従弟と彰子はさしてあわてている風には見えず、あわてている僕を揶揄するような口調で「さあ、逃げよう」と言った。僕たち三人は押し寄せて来る波と競争するように岸に向かって走った。

海岸の島づたいに、隣の町まで僕は彰子と一緒に行ったことがある。彰子はいつもと違うワンピースを着て、色の違った麦藁帽子をかぶっていた。そういうとき、僕たちはお互いのことを語った。彰子はこの地で生まれ育ち、S市の短大に行っていることとか、本当は東京の大学に行きたかったけれど父が反対したこととか、そんなことをずっと飽きることなく話した。そういうとき、僕はその海岸の風景は殆ど記憶していないのだ。

僕がもう少しでU市を去る頃のことだ。僕は一週間ずつ滞在を伸ばしてきた。東北の郷里の両親は夏期休暇が終わるまでには少しは郷里に帰るように僕を説得して欲しいと叔母に何度か催促の電話をしていたらしい。が、陽気な叔母はむしろ滞在を引き延ばすことを僕に唆したものだ。この南国での生活はそれまでの人生の中でどこか異質なものがあった。南国の太陽を僕は愛したし海も愛した。雨の降らないかぎり僕は毎日のように海に出かけていった。それはブリリアントな毎日だった。

或る日、彰子と僕は叔母の家の庭の蘇鉄の木陰でU市の地図を見ていた。僕はU市の南端にあるR町の浜辺に行こうと彰子を誘った。僕たちは三〇分くらい電車にゆられた。乾いた歩道を僕たちは歩いた。彰子はふざけて麦藁帽子を目深にかぶったりして僕を笑わせた。彰子の質素な感じのシンプルな白いワンピースがかえって目立った。とてもきれいだった。水着を入れた小さなブルーのバッグを彰子は肩にかけていた。ここは全くよその街だった。知らない人だけだった。おそらく無意識だとおもうが僕たちはいつもと違った開放感を味わっていたとおもう。

午前に台風のニュースを聞いた。それは、ずっと遠くの海上のことだとおもったのに、ちぎれた雲が空を流れている。

R町の海辺はさびれていた。それに台風が近いせいか波が荒く、海水浴の客も少なく、僕たちが着いた頃、殆ど泳いでいる人たちはいなかった。僕たちは、リヤカーを引いた麦藁帽子をかぶったおばさんからアイスクリームを買い、海岸の松林の木陰で海を見ながら食べた。貸しボート屋の幟が強い風にはためいている。ボートに乗っている人は二組程度いるだけである。「ボートに乗りましょうか」彰子はそう言って僕の方を向いた。そのとき、彰子の顔があまりにも近く、それで、僕たちは寄り添うように座っていたのに気がつく。

「風が強いよ」

「これくらいは大丈夫よ」

風はあったものの実際ボートが漕げないほど強いわけではない。僕は殆ど海のない町で育ったからボートに数えるほどしか乗ったことはなく、まして、海でボートを漕いだことはなかった。だから不安だったのだ。僕はそのように彰子に言った。彰子は微笑んだ。

「二人で漕ぎましょうよ」

彰子は立ち上がった。僕たちは一時間借りることにした。僕たちは並んでボートに座った。始めは二人の呼吸が合わず、岸でボートは右往左往していたけれどもじきに要領を覚えた。彰子はうまかった。間もなく僕も慣れた。

沖に向かってボートはぐんぐん進んだ。波はやはり荒かった。ボートを波に向かって漕ぐ。こういうことが分かったのもこのときが初めてだ。空は雲に覆われ、海にはいつものような輝きはなく、白い波が砕けた。波の頂点にボートが乗り、そして落ちる、その繰り返しだ。振り返ると、岸はずっと遠くに見えた。

ボートの左手に防波堤があることに初めて気がついた。岸からは見えなかった。どういうわけかその防波堤は沿岸と沖とを遮断しているのではなく、海に向かって縦に伸びていた。一〇〇メートルはある。あとから聞いたことだがこの防波堤の先端のある付近までボートを漕いで来る人は滅多にないということだった。僕たちもそのとき随分沖まで来てしまったとおもった。

僕たちは何かに駆り立てられるかのように漕いでいた。二人でオールを握り力を込めて漕ぐとボートは力強く前進する。ボートは、スピード感を伴いながら波を乗り越えて行く。二人の呼吸が合うに従いボートは安定し、ぐんぐん進むのだ。

彰子は漕ぐ手を休めて言った。「それにしても、遠くまで来てしまったわね」

「そうだね」

「何かむきなって漕いだみたいね」

彰子は僕を直視するような姿勢で言った。

漕ぐことをやめるとボートは激しくローリングした。僕たちのからだが触れあった。彰子の汗の甘酸っぱい匂いがした。が、すぐにボートの体勢を立て直さなければならなかった。僕たちは引き返すことにして防波堤とは反対の方に向きを変え、少しずつ、防波堤から離れ、岸に向かうことにした。相変わらず僕たちは並んで両手でオールを握り、力を込めて漕いだ。そのときだった。彰子は悲鳴に近い声を上げた。ぼくは横を向いた。彰子のオールが勢いがあまってボートから外れ、オールが一回転して波のあいだに飛んだ。僕は自分のオールを操作して波間に浮かぶ彰子のオールに近づけようとする。波のうねりに乗りオールがボートに接近した。彰子は手を伸ばしたがオールは彼女の手に少しふれただけでまた離れた。オール一本だけでは波が荒いのでおもうように漕ぐことはできない。波の動きは複雑だった。防波堤があるせいか前よりは激しい揺れはない。

始めのあいだは、オールにすぐ手が届きそうだった。しかし、風のせいか、ボートとの距離が少しずつ離れて行く。短い距離だから僕たちは一本のオールでボートを操り何とかオールに接近しようと試みるがオールは五〇センチメートル程度から一メートル程度離れていく。風はさらに強まったようだ。そうして、それから先は瞬くあいだに距離が広がりオールとの距離は三メートル近く離れて行く。

距離は縮まらない。やがて、五メートルくらいに離れる。僕たちはかなり焦り半ば呆然としていた。さらに、オールはボートから離れ波のあいだに見え隠れするようになる。彰子は涙声でごめんなさいと言う。

ぼくは何か彰子を元気づけるようなことを言ったとおもう。僕は決意する。海に飛び込まなければならぬ。いつもそうだったが海水浴にゆくとき従弟とともに僕は叔父の家で海水パンツに穿き替えてその上にズボンを穿いた。そうして今日もそうしていた。

「海水パンツを穿いている」

僕はそう言ってボートの上で着ているものを脱いだ。ボートが揺れるので彰子は抱くようにして僕を支えてくれる。

海に飛び込んだ。海水はおもったほど冷たくはなかった。オールが時折見えなくなる。彰子がボートからオールの位置を指示する。やがて、オールが僕の目の位置の向こうに漂っているのを発見しほっとする。僕は確実にオールに近づいて行く。がっしりとしたオールに僕の手が触れる。

僕は振り返る。しかし、別な危険が迫っている。ボートがさらに流され防波堤に接近している。彰子は懸命にオールを操りボートが防波堤に近づくのを防いでいる。ボートと僕の位置はさらに離れている。波が高い。僕は一所懸命に泳ぐ。しかし、オールを持ちながら泳ぐので意外に進まない。そのうえ波が荒いからときには僕のからだは後退するのだ。このとき僕は空を見たことを記憶している。台風が近づいているのだが先ほどとは違い僕の真上の空は青いのだ。絶望的なほど空は高くそして紺碧なのだ。僕は前進も後退もできずこのまま海に沈んで行くのかもしれないとおもう。

しかし、ゆっくりではあるが、僕はボートに向かって前進している。しかし、ボートは防波堤にさらに接近している。防波堤に波は激しくぶつかり白いしぶきが高く上がる。ボートが防波堤に激突したらボートはばらばらになってしまうのではないかとおもう。防波堤とボートの距離は少しずつ縮まっている。彰子はオール一本で必死にボートを漕ぎ、防波堤から離れようとしている。もう防波堤まで五、六メートル程度の距離しかない。僕はオールを前方に放り、そこまで泳ぐといった方法もとるが遅々として進まない。

ボートに僕が辿り着いた。しかし、ボートは防波堤にほぼ接近していた。今にも、ボートが防波堤に激突しそうだった。波が引くと一時ボートは後退する。が、次の瞬間また波が押し寄せる。彰子はオールを防波堤に突きボートが防波堤にぶつかりそうになるのを防いでいる。彼女ができることは、それがせいいっぱいで、オール1本では押し寄せる波に抵抗して防波堤から離れるように漕ぐことは到底できない。

ボートが防波堤から離れる一瞬、彰子は、両手を僕に差し出した。僕はボートにオールを投げ込むと、彼女は素早く僕の手を両手で引っ張った。僕はボートに転がり込むように乗った。再び波が押し寄せた。僕たちは悲鳴をあげた。波がボートを防波堤に追いやる。半ばボートは防波堤に接触している。波は一瞬引き、すぐに次の波が来た。次のうねりがくるとボートは防波堤に衝突する。僕は渾身の力を込めて防波堤にオールを突いた。しかし、ボートは防波堤に斜め横に接する状態になる。

「漕ぐわよ」彰子が言った。その間、僕は素手で防波堤に手をあてた。彰子は二つのオールを手に持ち漕いだ。波の頂点に乗り上げ沖に前進した。防波堤から離れた。手のひらに血がにじんでいた。

「ありがとう」と彰子が言った。

二人で夢中になって海岸に向かって漕いだ。

「とても冷静だったよ」

ほんとうにそうだった。僕は心から言った。ボートを漕ぎながら、僕たちは互いにさらに何か言おうとして見つめあったが、お互いに断片的な言葉しか出てこない。

R町のレストランで僕たちは長い時間をかけて食事を摂り、それから電車で帰った。電車の中で彰子は疲れたのか体を僕に預けるようにして眠った。

この出来事は、他人に語っても差し支えのないことだが、なぜか僕は誰にも話さなかった。多分、彰子もそうだったとおもう。叔父の家に居る頃、皆の間でこのことが話題になったことはなかった。別に二人がこのことを話すまいと相談したわけでもない。

その当時、僕にとって人生は無限にあるようにおもわれた。もっとも、人生というものはおもうように行かないこともよく知っていた。そうして、常に不安があった。しかし、あの頃はまぎれもなくきらきら輝いていた時代だったと今はおもう。二度と繰り返すことのできない、輝いていた時代だったのだ。あの当時、僕はどうして同時代の青年のように素直に人生を肯定しなかったのだろう。どうして青春の激情を放棄していたのだろう。

　あの夏も静かに過ぎていったのだ。叔父の家の庭、海や町は静謐であり、それらは銅版画のように僕の記憶に残っている。もちろん、麦藁帽子の彰子も僕の記憶の銅版画に刻まれている。彰子とのあのボートの出来事だけが荒々しい記憶として蘇る。二人は一つの共同の目的のために全力を尽くした。激しくボートを漕ぎ、海岸に着いたとき、崩れるように座り、互いにいたわるよう肩を抱いた。彼女も僕も涙を隠さなかった。今でも甘酸っぱい彰子の汗の匂いがしそうだ。しかし、その頃のことを考えていると、あのボートの事件が本当に危険に迫った出来事なのかどうかも定かではなくなってくる。U市を去ってから彰子と会ったことはない。彰子とのことを言葉にするとあの出来事が僕の記憶の純化を妨げるような気持ちがする。だから、彰子とのことを言葉で誰かに話したこともない。

「去る人も寂しいとおもうかもしれないけれど残される方がずっと寂しいよ」

　叔父の家での最後の夜の食事のとき従弟は笑いながらであるが、その実、寂しそうに言ったものだ。僕も寂しかった。

　僕が彼女のことで最後に記憶しているのは帰る前日、彼女が僕に麦藁帽子をプレゼントしてくれたことだった。僕はその麦藁帽子を随分長いあいだ持っていた。そのとき以来彰子に会ったことはない。そうして、その頃、殆どいつも彰子のことを考えていた。しかし、僕は、その後、彰子に手紙を出したことはない。彼女の正確な住所を知らなかったということもあるが、叔父の家の住所と殆ど同じだから出そうと思えば出せる。僕がどうしてこのように逡巡していたのか今でも分からない。彰子が東京に遊びに来ていることを後に学生になって上京した従弟から聞いたのに僕はどうして素直に会いたいと言えなかったのかそれも今となっては分からない。

大学を卒業してから僕は東京に引き続き住んでいた。

一九七六年の夏、休暇で郷里に帰った。当時、僕は結婚していた。妻がお産で実家に帰っているあいだ五歳の長女を連れて東北にある僕の両親の家に帰ったときのことだ。両親は老いつつあった。

勉強部屋は昔のままだった。きっと、母がそうしてくれたのだろう。部屋の中を歩きまわった。部屋の隅にある昔の勉強机に座ってみたり、あるいは、きしむ雨戸をあけ外を眺めた。午後の物憂い光が差し込んで来る。畳の色が変色しているのが分かる。しかし、とても懐かしかった。少年時代の本箱がそのまま残っている。僕は薄暗い部屋で一冊ずつ本の背表紙をゆっくりと眺めていった。本箱の最下段を眺めていたとき、本と本の空間に麦藁帽子が置かれていた。長いあいだ探していた彰子が呉れた帽子だった。大事にしまっていたという記憶がある。が、ここにしまったことは記憶から抜けていた。その帽子を手にとり暫くのあいだ眺めてた。微かに彰子の匂いがしたようにおもうがもちろんありえないことだ。帽子のつばの裏側に次のように太いペンで書いていることにこのとき初めて気がついた「Aug 11, 1962」

彰子が僕に麦藁帽子を呉れた日だった。

# 匂いすみれ

金山嘉城

この間本棚を整理していたら、文庫本を並べた本の間からマンスフィールドの短編集、幸福・園遊会が出て来た。本を整理するには目的があって、何か必要な本を探していたのだろうけど、それが何という本だったかは思い出せない。文庫本はだいたい一段に二重に立てて並べられてあるから、表面をさあっと見ただけでは、裏側に入った本は隠れてしまっているから、十数冊の表面の文庫本を一束にして抜き取って、その間隙の部分を移動しながら奥にある題名を読んでいく。奥は光線があたりにくいし、本は古くてその背が茶色にやけたようになっているのが多くて、一目ではその本の題名が読めないことがある。そこで、おおよそもとめている本の記憶にある厚さから、今見ている文庫本の厚さ程度かどうかと見きわめて、微妙な厚さで判断するのだが、時には思い違いもあって、二、三度探しても出て来ないことがある。もう一箇所、違う所にも本棚があって、そこにも文庫本が入っているのでどっちかといつもまよっていて、あった筈の本が見当たらないのはしょっちゅうだ。野球打率に倣ってみると、見つかる確率は五割を割るだろうか。

あっ、マンスフィールド、と思ったのにはわけがある。以前文学をやっている人達の集まりの時、当番にあたった、英文学者が、マンスフィールドの話をしたのが気になっていたからだ。調べてみると昭和六十三年十一月とあるから、今から三年も前になる。

彼の話の中心は、作家と思い違い、というのであって、シェークスピアの幾つかの作品の中から、異なる季節が同じ場面に出て来たり、もう死んでいる筈の人間が、生きているとして話されたりしている。それはどうしてなのだろうか、というのであった。

話は面白く、なんだか人間の記憶の構造をその作品の思い違いの中にみるような気がした。この種の誤りは、どんなに作者に時間があって、推敲を重ねても、長いものになったら、どこかに出て来るものだと思える。しかし彼はその原因のようなものを追求したり、分類したりすることはせず、幾つかの例を上げて話しただけだった。

その中にマンスフィールドのある小説に出て来るすみれの花束があった。彼は余程気になっているのか、最初の部分で、

「マンスフィールドはすみれの花束をわすれてしまっているんです」

これだけを言って次の例に移ったのだが。途中でまたマンスフィールドの話に戻って、夕食の食費を削ってまですみれの花束を買うんですが、それが出て来ないんです。どうしてでしょう、と言った。

この文庫にならの出ているかもしれない、と思った。新潮文庫に確かマンスフィールド短編集という本があって、その幾つかの、かわいらしい、心が弾むような短編を読んでいてマンスフィールドには

接していたが、特に興味を持っていたわけではなかったので、ひょっとしたらすみれの花束をすでに読んでいて読み落としていたかもしれないが、その中にはなかったような気がする。

だいたい私の記憶はこんな具合に働くのである。本当なら、英文学者Kの話を聞いたときに、すぐに調べればいいのである。だが、その時は気にかかっていても、それはそれとして放っておく。すると時間がたって、その話の大部分は忘れられてしまって、もし覚えているとしても、なんとなく塊ったような雲のような不定形のものとして、そこからはただ雰囲気だけが漂うような状態として残っているにすぎなくなる。そしてここまで来ればしめたもので、もう少したつと全ては何の跡かたもないように忘れられてしまう。そして誰かにその時のことを指摘されたときにだけ、漠然と思い出すのである。

「そうそんなことがあったな。あのひとまだ元気だろう。ええ、なくなったの。そりゃ知らなかったな。そう言ゃ、なにか面白い話だった。そんな印象だけが、頭の中に暖かいもののように残ってるな」

だがときにはそんな長い時間を経ていても鮮明に思い出すことがある。例えば今度のマンスフィールドのすみれの花束がそうである。

読み始めるまでそれ程期待をこめていた分ではない。どうせこの短編集には出ていないかもしれない。数多い小説の中の、たった一遍だろうし、それにあのKも、中心的な作品のような言い方はしなかった。端の一遍に違いない。彼には興味深い作品でも、文庫本の訳者にはつまらない作品と思えるかもしれない。さらにもしうまくこの中に入っていたとしても、つい小説に夢中になることの多い私の読み方では、見逃してしまうかもしれない。小説を読むのに夢中になって、そこにちゃんとしっかり、幾度も書いてあるのに、それを読んでいるのに、別のストーリーや、人物や風景などに気を取られて、気付かないことがある。いやいつもこんなふうに勝手読みをして、読み違いをしているから、すみれの花束を見すごすのは多分当然だろうから、などと考えている。

「おとうさん、いよいよ梅里雪山に行くんだって」娘の梨加の声だということはすぐに分かったけれど、梅里雪山だの、行くんだ、などがどんな意味なのか、理解するまでにしばらく時間がかかった。

「ああ登山の話か」

「K大の山岳部だって、お盆に一緒に行った時、話したでしょう。その時、中国の南、雲南省にある山だって、おとうさんわりと熱心に聞いていたじゃない」

「山岳部なら山へ登るのは仕方がないだろう」

「でも行かないかもしれないって言っていたのよ」

「いつ戻って来るんだ」

「さあ三月くらいじゃないかしら」

「そんなら結婚式は……。まさかお前一人でするわけには行かんだろうから、少しのびるか」

「それはまだたのんでないからのびたっていいんだけど、何だか心配」

「今までだって、何度も行ってるんだろう、お前達は学生時代から知り会ってたんだから。あっそうか。いよいよ、自分のものだと決まったら急に心配になったのか。あんがいそんなもんかもしれん」

「おかあさんに代わって、ちょっと頼みたいことがあるの」

「代われって」

妻が炬燵から立ち上がって、受話器を受け取る。思いの外行動が素速かったから、私の話しを聞いていて、娘と話したくてうずうずしていたにちがいない。

炬燵に入って、テレビをみている。妻が時々嬉しそうな甲高い声を上げて笑っている。テレビの声が電話の邪魔かもしれん、と思って、リモコンで音を小さくしてやると、テレビの映画の進行が不鮮明になって来て、見るのをやめる。娘の相手のことがふいに浮かび上がって来る。

勝手口から早足に足音が聞こえて、居間で本を読んでいると、娘の梨加が入って来た。クーラーがないから部屋は暑い。縁側に日光が直接入ってきて、目がくらみそうな明度で床の木目を照らしている。風は吹いては来ない。隣の庭に植えられた真紅のカンナが生垣の間から見えて、ぐったりとくたびれた年増女の唇のように暑苦しい。

「玄関から入って来るから」

梨加は男の来訪を伝えに来たのである。いきなり出合わせて、気分でも悪くされたら、かなわない、とおもってるんだ。それでなくとも、ここ二、三日なんとなく、機嫌の悪そうなそぶりを、私の表情から読み取っていたのかもしれぬ。梨加は三日前盆休みで帰って来ている。男友達の島津君は大町から日本アルプスに入って、爺ケ岳、鳴沢岳、蓮華岳などを越えて、黒部湖を平ノ渡場で渡り、五色ケ原から獅子岳、龍王岳を通って室堂に出てやって来るそうだ。山の名前を言われても、分かるのは後立山と黒部湖、それに立山と室堂ぐらいだから、どのくらいの努力が必要なのかよく分からない。生返事をかえすしかない。

玄関の引き戸の音がする。梨加が何か言っている。男の声が混じる。その割になれなれしい言葉使いじゃないな、多分気をつけてるんだ。

「おみえになりました」

梨加の後から男が力強く入って来た。あっもう来たのか、私は男と目を合わす前に、周囲を見廻している。あいにく付近に妻はいない。こんな時に限って、あいつは台所に隠れていて出て来やしない。あれがいればちょっとは相手の視線をそらすことができるし、私も、妻に何か話しかけて直接男と正面から向き合わなくてもすむのに、気がきかないんだから、と思う。

「島津久男です。お言葉に甘えてやってきました」

「梨加の父です。さあ座って下さい」

むず痒いものが、脇の下あたりを這い始める。何をどう言えばいいのか、なんだか妙に堅くなってしまって、まだ梨加の相手と正式に決まったわけではないし、あまり愛想よくしすぎては何だか彼等のたくらみに加担しているようだし、と言って突慳貪では不賛成のようだ。まあ相手に気取られないように観察するより仕方があるまい。

「東京よりは暑くないでしょう。ここは」

「ええ、でも山を降りたばかりですから」

しばらくは黙ってしまう。梨加が冷たいものを持って入って来た。

「お母さんは」

「台所です。呼びましょうか」

「いや、呼ばなくていい」

山男というからがっちりした体格かと思っていたが、彼は今なら小男の部類に入るのだろう。梨加と並んで入ってきた時、ちらっと見たが同じくらいの背丈だった。一メートル六十五ぐらいか。あるいはもうちょっと低いかもしれない。梨加は女としては高い方だから。シャツを着ているせいか、それ程筋肉がはっているようには見えない。よく見ると首のあたりの筋肉の動きが普通の人より幾分、太くゆったりとしているように思われる。

「ねえ、着替えていらっしゃいよ」

「いや、もう少しここにいます」

「おとうさんは梅里雪山って山、知ってる」

「中国の山なんかね、美しい名だな」

「中国とミヤンマーの国境あたりにある山なんです」

「中国の山と言うとチョモランマを思い出して、それ以外はよく知らないが」

「ヒマラヤ山脈が東の方につらなって、消えるあたり、その一番最後の所にある山です」

彼は山の話しになると今までとはちょっと違う口調になって、長江やメコン、イラワジ川などの源流のあたりの地形を話した。そのあたりにこの山はあるらしかった。昆明という所が、この省の中心でそこに行くのにも、交通の便が悪くて、幾日もかかると言った。そこから先は隊員が、中国の省側から借りたジープを運転しながら一週間ぐらい、道が所々土砂で崩壊しているような細い山道を走るのである。そのジープと言うのは日本が中国に援助したものであると言う。

「その道の状態は、そうですね。運転する隊員が、トヨタか三菱か日産か、とジープを選ぶ程の困難な道なんです」

「それはどういう意味なんだろう」

「同じジープでもトヨタの方がパジェロより少し幅が広いでしょう。その分だけ走りにくいんです」

「そんな微妙なことが問題になるのか」

「岩が道にころがっていますから」

私は一緒に酒を飲むのを楽しみにしていたから、夕食にいつもより少し多目の酒を飲みながら、その続きの山の話でも聞きたい、と思っていたが、彼は酒が飲めない性質なのだそうだった。

結局私一人が酒を飲んで、何か好き勝手なことを話して、彼と娘と妻とを困惑させたらしい。

受話器をおいて妻が炬燵に足を入れて来た。

「隊員の一人がちょっとした事故で行けなくなったんで、島津さんが補欠ですって」

「なあに分かるもんか。最初から行くつもりだったかもしれん」

「違うんだって。本当に急にそうなったんだって、本人も出てしきりにあやまってたわ。どうせ行くことになるんなら、最初からにしておいても一緒なのに、だなんて言ってましたよ」

「だって予備調査には、行ってるんだぜ」

「でも今回は結婚のことがあるから、行かないって言ってたそうよ」

「そうかなあ。何だかはめられているようだな」

「久雄さんが行かないつもりだった、と言ってるんですから、そのつもりだったんですよ。何もあなたが、初めから行くのを隠していたなんて、そこまで疑うことないじゃありませんか」

しまった、ちょっとやりすぎか、と思った。

「ううんでも、そう思えるんだな」

「知りませんよ」

妻は明らかに気分を害してしまっている。ちょっと前でやめておけばよかったのに、つい突っ込んでしまって、自分の考えを押しつけるからこうなる。

「あなたは私を何だと思っているんです。何でもはいはいと聞いてる人間にしたいんですか」

マンスフィールド短編集、幸福・園遊会を読み始めたら、いきなり最初の短編「ロザベルの疲れ」に「ロザベルは、一たばのすみれの花束を買った。あんなに軽い食事だけですましたのはこれを買うためだった」（崎山正毅訳）と出て来た。これにはちょっとまいった。こういきなり出てこられては、何ぼ何でもはやすぎる。これじゃ読み落とす暇も、読み違いする可能性すらないじゃないか。しかもたった九頁の小品である。注意深く読み始めた。確かにロザベルはすみれの花束を買う。そしてバスにのり、バスを降りて五階まで登る四つの階段のことを考え、やっと部屋へたどりつく。

部屋着に着替え、床の上に膝をつき、窓に腕を置いて、その日の出来事を考える。ロザベルの勤めている帽子屋に来た客のことが思い出される。「美しい赤い髪、真っ白の肌、ロザベルの店で先週パリから仕入れた金糸まぜ織りのリボンのような目をした少女」とつれのきちんとした服装の青年のことである。少女が一つ二つ帽子をかむってみている。「黒い帽子でね、まわりに羽かざりがついてて……」青年が言う。ロザベルはそれによく似た帽子が二階にあるのを思い出して、取って来る。少女はちょっとかぶって、ロザベルにかぶってみてくれと言う。そして少女は出て行く。ハリーと呼ばれた青年が後に残ってお金をはらいながら、

「君はモデルになって画を描いてもらったことがある？」

ときく。

「もし、あの娘と自分がいれかわっていたら……」とロザベルは夢の中に入って行く。「カールトン料理店へ行く途中、シェラード花店による、ハリーが自分に大きな枝のパーマすみれを買ってくれる――この手いっぱい持たせてくれる」

「まあ、ほんとうにきれいだこと……と自分は、顔を花の近くによせていう。（中略）

たそがれのなかを家に帰る。パーマすみれの香りが大気をひたしているように思われる」ロザベルはハリーとパーマすみれを買い食事をし、お茶を飲む。オペラ劇場、ダンス、川遊び、ハリーが送ってくれる。次の日に婚約発表があって、結婚式がある。新婚旅行。二階の寝室。ここまで考え、現実のロザベルは起き上がって、ベッドに入って寝るのである。そして夢を見る。やがて夜が明ける。

読み終えて、なぜあの英文学者のKが、マンスフィールドはすみれを忘れている、といったのか、その意味が分からなかった。この作品じゃないのかもしれない、もっと別の作品の中に同じような状況があって、そこでは多分すみれが忘れられるんだ、と思った。そして夢中になって注意深く他の作品を読んだ。読み終えて、久しぶりにちょっとしたいい気持ちの時間を味わえて、すごく幸福に感じた。どの作品にも女性の持つ肌理のこまかい観察と暖かみとが行き渡っていて、心をなごませてくれる。

私は記憶の中から彼がどこかでこの短編の名前を言ってたのじゃないか、とさぐってみるが、もう霧になってしまった記憶からは何も出て来ない。さらに小説を読んでしまったのでKのすみれを忘れたマンスフィールドのことさえ変容を受けてしまっている。彼はロザベルが軽い食事にしたメニューまで、その時菓子パン一つ、ゆで卵、とココア、と言ったのではなかったろうか、とさえ考えるようになって来ている。

この小説ではすみれが重要な役目をはたしていて、ハリーという一回出合っただけの、そして一こと言葉をかわしただけの青年への恋心のためにすみれが出て来ている。こんなにはっきりとパーマすみれが三度も出て来るのに、なぜ彼はそれを見落としたのだろうか。それにパーマすみれとは一体どんなすみれか。翻訳本では分からない。そこで私は東京にいる息子に手紙を書いた。

一、Katherine Mansfield の短編集を探して欲しい。その中に（The Tiredness of Rosaber）ロザベルの疲れ、が入っているもの。もし入っていなければいらない。

二、ロザベルの疲れは、最初（Something childish）子どもっぽい、何か、という題の短編集に入っていた。

三、多分丸善か紀之國屋へ行けばあると思う。

四、今は多分、The short stories of K.M. ぐらいの書名になっているのではないかと思う。

まだ雪が降らない十二月の末近に息子が正月休みで帰郷して来た。マンスフィールド選集というベンギンブックスを茶色の大型鞄の中からグサリと手を突っ込んで引っぱり出し、机の上に落とした。頼んで一ヶ月近くたっていた。私は不満であったが兎角、本は手元に入った。

辞書をひきながら、たどたどしい英語でどうにか読んでみた。梨加でもいれば読みながら翻訳してくれるだろうに。私が読むより、その方が正確でよりくわしいのだが、などと思って読み終え、書き抜きを作った。

一、一束のすみれを買った。

二、ハリーは彼女に大きな小枝のパーマすみれを買ってくれた。

三、いつも手一杯のすみれじゃなくちゃ、とハリーが言った。
四、パーマすみれの匂いが甘く大気を浸すように思われた。
最初の一束のすみれは、ロザベルが買った現実のすみれで、これはパーマすみれではない。確かにこの一束のすみれは現実にはここに一回だけしか出て来ない。バスの中にも、歩いている時にも、階段でも部屋に入っても、床に坐っている時も、そして寝る時にも、朝にも出て来ない。

あとの二、三、四、は全てロザベルの空想でハリーとのデートの中に出て来る。しかも空想の第一日目だけでどうも昼間らしい。

一体すみれが匂うのだろうか。まあそれはいいとして、なぜKはこんなにすみれが出て来るのに、マンスフィールドはすみれの花束を忘れてる、と言ったのだろう。この段階で私はマンスフィールドは現実のすみれを冒頭にただ一回出すことで、空想の中のパーマすみれを三度出して鮮やかに少女の恋心を映したのだと思う、と考えておくことにした。

もし現実のすみれを、例えばバスの中で書くとして、または部屋の中のどこか花瓶にでもさすとして、もしそんな動作をロザベルがしたら、空想のパーマすみれと、現実のすみれとが読者を混乱させて、空想のパーマすみれが消えてしまいやしないか。

「パーマすみれってなんだ」

テレビをみながらふと口から言葉が出て来た。妻が顔を上げて、編み物から目をはなした。近頃老眼がでて来たのか時々眼鏡をかけている。その時も妻は眼鏡を少し下にずらしてかけていて、眼鏡の上からレンズを通さずに私の方を見た。

「パーマすみれ、パーマすみれね。どこかで聞いたことがある。いや見たのかな」

何かに気付くと黒目が悪戯児のように、目の中を運動し始める。これはすぐに思いつくぞと妻を見ている。あっ止まった。

「匂い菫のことじゃないかしら」

「匂いすみれって何だ」

「きっと匂いすみれのことだわ。二階の園芸植物図鑑を取って来るわ。あれ重くて持ちにくいけれど」

「いい俺が取って来る。二階の子供の本箱だったな」

「ええ、一番下の段」

図鑑をくりながら、

「よく思い出したな。お前は花壇を作るし、花が好きだからな。そうか、花も奇麗ばかりじゃなくて、役に立つこともあるんだな」

すみれの項をひくと、見開きの頁一面にすみれの写真が、三十種ぐらい出ている。目移りがしてどれがどれだか区別がつかない。右頁の上段の中央あたりに、ニオイスミレがあった。写真で見ると普通のすみれより少し大きいが、やはり可愛らしい紫の花をつけている。

これだけじゃ分からない、と思いながら、次の頁、その次と解説を読んで行く。

ニオイスミレ、ヴィオラ・オドラアタア、あったぞ、しかし見出しにはパーマすみれは出ていない。
「もっとも香りのよいパーマすみれと呼ばれたものは温床栽培が必要で、ウインサー城ではアレグサンド王妃のために五〇〇〇本ものパーマすみれが育てられた。一八八〇年代には特に出かける婦人たちの間でボタンホールにこれをさすのが流行した」（加藤憲市、南大路文子）
「あった、あった、やっと見つけた」
匂いが強いんだ。ボタンホールにさすぐらいでにおうんだから、ロザベルは普通のすみれの花束をかって、その匂いのしない花束の中に、匂いのいいパーマすみれを想像して、そこに恋心を見い出している。

「おせち手伝わなくちゃ」
梨加は夕暮れ近くに帰って来て、二階の自分の部屋で着替えをすると、ジーパン姿になって台所へ入っていった。妻との話声がいつまでも聞こえている。包丁の音がする。煮物をしているのか、幾分魚の臭気のまじったにおいがして来る。茶碗が落ちたのか、大きな破壊音がする。息子の声が交じっている。鰹節を削っている音が、長い時間規則的にして来る。あれは以前は私の役目だったが、何年か前から息子の役割となっているのである。いくら待っても顔を見せに来ないから、便所のついでに台所を覗くと妻は流しの前、梨加はガスレンジの前、息子は食器棚の下に坐って、別々の仕事を、楽しそうにやっている。いろんな臭気が一度に混ざって、かぎ分けることはできない。

「いくら待っても来ないから、久しぶりに帰ったら、顔ぐらい出すもんだ」

三人でこうしていると、半年も会わずにいた者達が、今、出合ったばかりのようには思えない。梨加など、今学校から帰ったばかりで、鞄を置いてすぐ夕食の手伝いをしているような雰囲気である。息子にしたって、ずうっと家にいたような雰囲気をその大きな身体に漂わせている。

えい、こいつらは、ちゃんと家の中にはまって、だからどうなの、といったふうていじゃないか。どんなに長い時間いなくたって、ここに戻って来れば、そこはもう私の居場所なんだから、何も言わなくなって、そうなのよ、と身体が言っている。安心しきってるんだな。動物が、獣舎の中で何の心配もなく、眠りこけているような感じなんだろうな。

「おとうさん。この十五日に、向こうのおとうさんとおかあさんが来たいんだって、結納いつ頃するか、とか結婚式はどうするか、とか、相談したいから行ってもいいのか、って。少し早いけど、成人の日でいいでしょう」

「いいと思うが、予定見てみる」

私は手帳を開いた。初めから一月十五日には予定のないことは分かっていた。けれどこういきなりとは思わなかった。これはちょっと気をつけないといけないぞ、と思った。

「おい何か食えそうなもの、味見してやろうか」

「そこに黒豆と田作りができてるわ」

妻が小皿に、三、四種類をのせてくれる。

「それもって、ちょっと来い」

私は自分の部屋へどんどん歩いて行ってしまう。

「何ですか忙しい最中に」

黒豆を一つつまんで食べるとあまい汁が澱粉と入りまじって口の中に拡がって来る。

「うん。十五日か、すぐだぞ、すぐ来てもいいのか。ちょっと早すぎやしないか。人の娘だと思って」

「何をぶつぶつ言ってるんです」

「うん、そりゃ嫁に行くのは仕方がないが、ちょっと早すぎやしないか、と思ってさ」

「いいえ、こういうものは、相手がそうする、と言うのは、やはりよく考えてのことですからね。心よく承諾するのがいいのです」

「だって島津君は中国じゃないか」

「何も結納の日ってわけじゃなくて、向こうの御両親とお合いするだけじゃありませんか。別に久雄さんがいなくたって、子供じゃあるまいし」

「じゃ梨加にいいって言えばいいんだね」

「何もねんを押さなくったって、いいに決まってます。この忙しい時に、さも大切そうに呼びつけたりして、本当に」

そうかそういうもんか。行っちまって、オレよりそいつが大事だなんて。ええ、そんなもんか。

私は自分が妻の父親の所へ行ってちょっとした言葉の行き違いで妻の父親を怒らせたことを思い出して、苦い魚のはらわたか何かを食べた時のように、それが口の中一杯になるのを感じてしまった。

妻が出来たての昆布巻を二つ皿にのせ、九谷のとくりと一緒に持ってきた。

「酒で機嫌をとろうと言うのか。まあいいだろう」

雪片が窓の外に見えて、庭木の常緑樹の尖端にうっすらと積もっている。

「これはまだ本降りではないな。ちょっと年末の気分を味わせてやろうという、天の粋な気遣いか」

盃に酒を注ぐ。

自分一人でKのマンスフィールドのすみれを納得していてもどこか客観性がない気がする。誰か、あの時彼の話を聞いていた人に尋ねて、私にもし思い違いがあれば、それを正したい。私はそこであの日集まった人々の中から、幾人かの親しい顔を思い浮かべた。本人に聞けば一番いいのだが、それは私の中で全てが解決してからでいいわけだし、それに彼とはそれ程の面識がない。

こんな年末に比較的暇で時間があまっているのは、と考えていると、詩人の百畑女史の痩せた顔が眼鏡と一緒に浮かんで来た。

「随分以前の話だが、英文学者のK氏の話を聞いたことがあっただろう。忘れられたすみれ、のことさ。マンスフィールドの。あの時彼は幾度かすみれの話をしたと思うけれど」

百畑は私の予想通りに、すみれのことを憶えていた。

「しらべてはいないけれど。気にはなっているのよね。あのすみれ、妙に心に残る話だったでしょう。

あの次の年、彼死んだのよ。知ってるでしょうけど」

「ええっ。信じられないな。だって話が終わってから皆で酒を飲み始めた時の、彼のあの独酌の手つき、すごく雰囲気があっただろう。大切で仕方のないものを、ちょっと雑に扱えばこわしてしまいそうなものを、楽しみながら、注いでるって感じだった。ゆっくりと小さな盃に酒を注いで、それから肘を幾分大きくはって、盃を口に持って行く。その時僅かだけれど口の方も盃に近づいて来て、そしてゆっくりと飲むんだ。小さな盃の酒を飲むのに、どうしてあんなに時間がかかるのかと思うくらい」

「肝臓癌って話だったわ。見つけたんならそれ読んでみたい」

「でももし僕の読んだ、ロザベルの疲れ、という短編だとすると、彼がなぜ忘れられたすみれ、とあれ程執拗に言わねばならなかったかが分からないんだ。だってちゃんと、すみれ書かれてるもの」

　私は今まで調べて来たことを話した。

「ボタンホールにつけるの。ちょっと面白い話ね。千八百八十年代ね。マンスフィールドって、生まれはニュージランドでしょう。その人がロンドンに行って。さっきこの小説千九百八年だって言ったでしょう。二十歳ぐらいの時に書いたって。だったら、狩に行ける婦人って、上流階級の人達じゃない。そうだわ、その間に三十年ぐらいたってるのね。ロンドンではにおいすみれ、まだ流行してたのよ。上流階級の御婦人方から、ブルジュアに移って、中産階級、そして最後に下層の人達にまで行き渡るのよ。その時はまだ、ブルジュアにまでしかにおいすみれは行き渡っていなかった。ロザベルって帽子屋の売子でしょう。イギリスって今でも階級制度がきちんとしていて、自分の属する階級から上の階級へはなかなか行けないみたいだから、千九百十年頃はきっともっとしっかりしてて、どうあがいても、ロザベルは、絶対にハリーの所へは行けないのよ。それに多分においすみれも買えないわ。高すぎて。だからロザベルは普通のすみれを買って、それでにおいすみれの中に、上流階級への憧れと、その恋心をこめたのよ。そして夢がそのにおいなんだわ」

なる程詩人はすみれの匂いに階級意識を嗅ぐのか、と思った。

三が日がすぎたらすぐ帰るのか、と思っていると、梨加は有給休暇を取って来たから、と言ってもう二、三日いるらしかった。三日の昼から降り始めた雪が、今日四日まだ降り続いている。雪が降りそうになると、私は先ず融雪のパイプを井戸水を引いた水道栓につながなくてはならない。昨年の春以来放っておいたものだからパイプはつまっているし、ホースリールにまいてあるホースは内部がくっついてうまく水を通さない。つなぎの金具がさびでしまりが悪い。雪の降るのはわかっているのだから年末の晴れた日にでも用意をしておけばいいのに、雪が積もり始めるまでやらない。屋根の雪がおちるあたりにパイプの水を噴き出させておかないと、長時間雪よけをしなくてはならなくなる。息子を呼んで二人して、水道栓をひねったり水の通り具合を見たり。途中でホースがはずれて、飛び出す水を止めたりしている。手はすごくつめたい。

やっと水がパイプの細い穴から小さな孤を描いて、幾筋も流れ出るようになる。車庫の屋根から落ちた雪の山の麓にパイプを置く。別のパイプは玄関の前に置いておく。しばらくすると、水の落ちるあたりの雪だけが融けて、筋をなして小さな峡谷を作る。それでまたパイプを移動してやらねばならない。スコップで雪をすくって、玄関の両側に積み重ねる。雪は次から次と降り積もるから、いつも地面が見える状態にしておくためには、二三時間毎に、雪をよけなくてはならない。

「このあたりでいいだろう」

息子はスコップの運動で暖まったのか、スエーターだけになって、その肩や背、帽子に雪が積もっている。郵便受けから息子が取って来たのか、賀状が幾通か束になって上りがまちに置かれてある。ちょっとはずれて速達が一通。百畑女史からのものだ。横書きの便箋が一枚と、コピー用紙が二枚出て来た。コピー用紙の一枚目には見開きの手帳が写されてある。二枚目は片側だけで、その下の方が白くぬけている。多分読まれたくないので紙でもあてて、コピーしたのだろう。読んでみる。

前日の話面白く拝聴しました。「疲れたロザベル」の文庫本のコピーありがとう。読んでみて、あなたのおっしゃったように、菫は忘れられていないのではないかと感じました。それでK氏のお話は別の小説のことではないかと、危惧を感じました。古い手帳の束を探してみたら、メモが残っていました。参考になるかと思いお送りします。

コピーの写し、

①言葉の自動運動

「言葉・言葉・言葉」

ハムレットがボローニアスの問に答えていう。

ことばの中身と表現が違っている。

会話が出てくる。会話はそのままではなく多くの意味を持たせることがあるのでは？

キヤサリン・マンスフィールド

「憑かれたロザベール」

スミレを買うために食事を節約する。

②DHロレンス

「ザサンアンドラバース」

時間　日と曜日がおかしくなっている。

マンスフィールドの場合　スミレが最初に出て、それなり最後まで出てこない。

おかしなことである。

「マクベス」

ふくろう↓冬の鳥　なのにツバメ、コオロギが一緒に出てくる。
夏の客人（まろうど）であるツバメ。

「ハムレット」

先生の亡霊の出る場面は冬である。かのようであるが明方ホタルが出てくる。

③垂平なあこがれ
ふらんすへ行きたしと思えども
ふらんすはあまりにとほし

垂直なあこがれ
鳥　蛇　尺取虫
背骨　脳ミソ　その上にゆくと墜落。
墜落↓重サ↓土↓足

明日からは仕事が始まるが、今日は何もすることがないから炬燵に横になって、テレビを見ている。

正月のテレビは全く面白くない。スポーツがある間はよいが終わってしまうと、ついうとうとしたりしてしまう。午後から娘と息子は近くのスキー場に、出かけてしまった。

静かな時間が雪と一緒に積もって行くようだ。

「親達二人と言ったって、こっちには面識がないんだから、どうするんだ」

「尋ねてみえれば分かりますよ」

「いやそれは名を名のれば言葉では分かるさ。だがその二人があの男の両親だと、どうして分かるんだ。誰も紹介する者がなくて」

「何をおっしゃってるんです。おみえになればそれで分かるじゃありませんか。そしてお話すれば」

「どんな性質の人間か、喧嘩早い奴か、卑屈な奴か、おせいじ屋か、腹黒い男か、どうして分かるんだ。それによって、こっちの話し方だって違えねばならんし、こいつらが娘の親になる資格があるか、どうして分かるんだ」

「そんなにだだをこねたって」

「オレだってうまくやろうとおもってるさ。しかし嫌な奴だったら、初めはえへらえへら笑ってたって、そう思った瞬間、絶対にやりたくない、と思うことだってあるだろう。その時どうするのだ」

「あなたがどんなに梨加を久雄さんにやりたくなくたって、梨加は行くんですよ。もうあなたのことより、久雄さんとのことの方が濃いんですよ」

「そうか濃いのか。こっちがごねれば捨てられるってわけか。だからうまく滑り込め、ってわけか」

蜜柑をむいて、妻がその瑞々しい橙色の小さな水滴の集まりのような明るい塊をわたしてくれる。

一口で食うのがもったいないような、やさしいかたちをしている。拡がる酸味。

　モーツァルトでも聞きに行こうか、と立ち上がる。自分の部屋に入って今日はＣＤよりレコードの方がいい、と思いながら、スプレーをレコード盤に吹きかけ、スポンジで拭き取る。ト短調弦楽五重奏曲。例の疾走する悲しみ、って曲だ。やはりレコードの方が柔らかい音がする。そういえば、あの本で確か、どうして四楽章の中途から急に楽しいアレグロに変わるのか、って疑問を出してたな、と思う。そこを聞いてみたい。

「あなた」

　気がついたらレコードは止まっていて、あたりは薄暗い。眠っていたのか。仕方がないな、とぼんやりしていると
「あなた。早く来て下さい」

　ひどく慌ててるな。妻のあんな声を聞くのも子供が小さかった時以来だな、と思いながら、居間に入った。

「なんだ。びっくりするじゃないか」

「テレビ、早く見て下さい」

　妻は指をテレビに向けて随分興奮してるみたいだ。

　テレビにはアナウンサーの顔が写っているだけである。

「梅里雪山で、Ｋ大山岳隊遭難って言ってるのよ。でも内容は全く分からないの。通信がうまくつな

がらないらしいの。ただそれだけをくり返してるわ。あっすごく心配になって来たわ。梨加にすぐ知らせなくちゃ。どこへ電話すればいいのかしら」

「今帰り道だよ。うろたえることはないよ。遭難と言ったって、島津君がアタックしているとは限らないだろう。彼は補欠なんだから、多分いつも後ろの方だよ」

「一人や二人って言わなかったわ。全員連絡がない、って言ったもの」

「じゃ無線の故障ってこともあるじゃないか。ほらもう別のニュースをやってる。きっと次のニュースかなんかで遭難者の氏名が出て、そこには彼の名前は含まれていないさ」

「帰ったらすぐ食事が出来るようにしときましょう。すぐ帰るって言うでしょうから」

私はしばらくテレビを見ている。しかしニュースはそれっきりで、別のつまらない人気タレントのゲームを繰り返しやっている。新聞を拡げてニュースの時間を調べてみる。もし島津君が死んでいたら、と私の頭の中をへんな妄想が通り過ぎて、その瞬間、ちらりと愉快な気分が私の中に拡がるのが感じられる。馬鹿な考え、頭を振ってふりはらう。「あの男は死なんよ。しぶとそうだったじゃないか」と言ってみる。


「私、京都へ行ってみる」

「泊まるとこあるのか」

「平気、友達まだ沢山京都にいるから」

梨加は時刻表をくって、夕食を食べる時間さえなくて、そのままバッグを持って、雪の中へ跳び出して行く。

後から追いかけて、玄関を出ると、梨加は自動車の横を速足ですり抜けて、曲がり角で振り向いた。顔をぬぐって、その手を一度小さく振った。とその白い雪の色の中にある記憶が甦って来た。

梨加の小さな籐製の寝箱がいつのまにか、彼女の玩具入れになってしまった。梨加が這って行って、その玩具入れの中から、積木や絵本や人形などを放り出している。まだ青色の残る新しい畳に坐って、小さくにぎった手を口に入れて嘗めている。時々あまり嘗めるのに熱中しすぎて身体がぐらりとゆれ、ころがりそうになるのを上手に重心を動かして、元に戻して、今度は積木を見つけそれを嘗め始める。

私は時々梨加に注意をそそぎながら本を読んでいる。ふと読む方に没頭しすぎて、監視をおこたって、慌てて視線を部屋の押入れの前に動かすと、やはり梨加はそこにいて、何やら玩具入れを覗いている。

目を本に戻す。気がつくと梨加が私のすぐ近くに来ていて、よだれのついた手で私の膝に登ろうとしている。脇の下に両手を入れて膝の上に抱き上げると、梨加は立って、机に両手をついて小さく跳び上がって、いつまでもやっている。着物の前がはだけると、梨加の柔らかでなめらかな足の裏がじかに私の腿をふんで、何とも言えない感触を伝えて来る。しばらくするとそれにあきたのか、私の腕の中でもがいて、後ろ向きに這って、どんなに私が膝に留めおこうとしても、うまくくぐり抜けて降りてしまう。

ああそこにいるな、と私はまた本に目を戻す。

おやっ、と思った。梨加がいない。半分立ちながら、庭に目をやると、梨加が、庭の中央をゆっくりと這って生垣の方に向かって動いている。梨加の這い方はちょっと違っていて、膝を伸ばしたまま這うからおしめをした尻ばかりが大きく、それが動いて行く。

いつの間に庭へ降りたのだろうか。私の心の中に一瞬、ひやりとした冷たいものが走った。縁から庭に直接は降りられないから、多分踏脱石に一度足をついて、そこからまた後ろ向きにぶら下がるようにして、地面を探し、降りていったのだろう。もし踏脱石の所で足がつかないうちに手を離しでもしたら、石に頭をたたきつけられるじゃないか。

あいつは、と思いながら見てみるが、庭には別に危険なものはない。梨加のとどく範囲はすべてブロック塀で、その上が一部生垣になっているが、そこまでは届くまい。じかに地面を感ずるのも悪くないだろう。そう思いながら私はまた机に戻って本を読み始めた。

「梨加が何か食べてる。ねえ、見に来てよ」

妻の声がする。

「ちゃんと見てくれないから、ほらこんなに、すみれ食べてるのよ」

梨加の手と右側の口の周囲が薄く紫色をしている。

「はい、ぺっしましょうね」

妻は指を梨加の口の中に入れて、取ろうとしている。

「まさか毒じゃないでしょうね。ねえ、すみれって毒だって聞いたことないわよね」

「毒なもんか。きんぽうげは毒だけど、すみれは毒じゃないよ」

「でもお医者さまに行った方がいいでしょう。もし毒だったら」

「ちがうって、絶対ちがうって」

梨加は窮屈なのか、妻の懐の中でもがいて、やっと手が自由になった。

梨加が笑った。生えたばかりの小さな歯が紫色にそまっている。

「ぼく、すみれ食ってみようかな」

妻も私に倣って紫のすみれの花を食べた。

においすみれって、どんなにおいがするのか、と思った。

# ちゃあちゃん

林　知佐子

一九八□年　初夏

懐かしいショウ（本当は霧島《きりしま》晶吾《しょうご》と書くべきでしょうけれど、やはりこう呼ばせて下さい）。

お元気ですか。初めてあなたにお便りします。

あなたと別れて、もう二十年の歳月が流れましたね。

あなたが昨春大学を卒業して大手商社に入社したこと、そして今年の初めにはお父さんの晶一《しょういち》さんが亡くなられたこと、先頃何年振りかで実家のお墓参りに帰郷した時、縁者の一人から聞きました。

遠く離れていても、以前は夫であり亦我が子に違いない二人の消息を耳にしますと、やはりさまざまな感慨が胸に溢れ、思いきってペンを執ることにしました。

大変遅くなりましたが、晶一さんのお悔やみを心から申し上げます。

五十歳になられたばかりで、交通事故死という突然の不幸は、あなたをはじめご家族の方々にとってはげしい衝撃と悲しみであったでしょうことは、わたしにも痛い程わかります。S市を去る前日、K市まで足を延ばして密かに霧島家のお墓にお参りさせて頂きました。真新しい卒塔婆に線香とお花を供えて、あらためて自分の深い罪を省みてお詫びしました。ただ一つの慰めは、晶一さんが社会人になったあなたの姿を見届けてから逝かれたことです。お父さんによく似た長身の爽やかな好青年になったと、わたしの素姓を知らない檀那寺の奥さまからお聞きして、晶一さんもほっとしていられただろうと、瞼が熱くなりました。ですが、わたしの心の中に生きるショウは、やはり女の子のように長い髪を靡かせて走る、二重瞼のくりくりした瞳がいつも好奇心に輝いていた四歳のあなたです。

六月半ばのあの日、降りしきる雨の中を出て行くわたしに、あなたは何も知らずおばあちゃまと一緒に玄関先までついてきて、「ちゃあちゃん、行ってらっしゃい。おみやげ忘れないでね」と、小さな手を振って見送ってくれましたね。お土産を買って帰るどころか、門を出た途端何もかも振り捨てて、駅で待つ男の懐ろに飛び込んでいった愚かな母親の姿など、幼ないあなたは想像も出来なかったでしょう。あの時、「ちゃあちゃん」と呼んだあなたの愛らしい声は、いまもわたしの耳底に残っています。

あなたが、わたしを赦せない気持ちでいるでしょうことはよくわかります。

泉州の古い城下町に三代続く陶磁器商の家の、勝気で聡明な女主人と高校教師の一人息子、そして天真爛漫な孫という三世代同居の平和で穏やかな家庭を無残にぶち壊して、貧乏な詩人の年下の男と出奔してしまった出来の悪い嫁・妻・母親のわたしだったのですから。

晶一さんは教職を辞し、すっかり気落ちされたお母さんに代わって家業を継がれたのでしたね。無鉄砲な若い女の行為で運命を狂わされた霧島家の人々の無念は、今では理解出来ます。

あなたや霧島家の人々に今更赦して下さいとむしのいいことは申しません。わたしは確かにあなたを産みましたが、ただ産んだだけで、〈母親〉の資格を全く待たない情けない人間でした。同様に霧島家の嫁としても晶一さんの妻としても、お二人が望む存在には遂になれませんでした。

あなたが回らない舌で〈ちゃあちゃん〉と呼んだのは、〈かあちゃん〉ではないあいまいな存在の象徴だと、無意識のうちに感じていたせいかもしれませんね。でも、わたしはそれでいいと思っています。

晶一さんは、わたしと別れて一年後に又従妹《またいとこ》に当たる方と再婚なさったのでしたね。そのひとをあなたは大人達に言われるままに、「お母さん」と、はっきり呼んだとか。寂しさはありましたが、あなたを育てていく人がお母さんなのは当然のことで、わたしはちゃあちゃんという不思議な立場であなたの心の隅に残っていればそれでいいのだ、と、自分に言い聞かせました。

長い時の流れに隔てられて、あなたとわたしはいつの間にか他人同然の間柄になってしまいました。

ふるさとを、最初の婚家を捨てて、数年後には駆け落ちした相手とも別れて、二度の結婚を繰り返したわたしは、あなた達とは全く別の次元の現実を流離《さすら》ってきました。その間には、あなたのおばあちゃまが亡くなられ、わたしの実家の肉親もすべて世を去りました。そして今年は、晶一さんの逝去を知ることになったのです。

わたしはとっくに霧島家を離れた人間ですし、これから先もあなたの前に母親だと名乗って出るつもりは毛頭ありません。それくらいの分別は持っています。けれども、あなたを世に送り出した唯一の人間であるという立場に甘えて、あなたに一つお願いがあります。聞いて頂けますか。

ほかでもありません。晶一さんのかたみの品を頒けていただきたいのです。わたしは霧島家を出る時殆ど無一物でした。自分の得手勝手な都合で飛び出したのですから当然のことですが、晶一さんが亡くなられたとお聞きしますと、過ぎ去った日々がこのうえなく懐かしく思い出されて、どうしても晶一さんのゆかりの品が欲しくなったのです。殊に婚約した時、晶一さんから贈られた真珠のネックレスと対の真珠の指輪には一入の愛着があります。厚かましいのを承知でお願いします。

あのネックレスと指輪、もしあなたが所在をご存知でしたら、わたしに譲って頂けないでしょうか。外には何も要りません。ただあなたの写真を一枚添えて下さればとても嬉しいと思います。ショウの成長したすがたを見ることは、これからの生活にきっと力を与えてくれるでしょうから。

あなた達を裏切った当然の酬いでしょうか。

この二十年間のわたしの暮らしは、人に背かれることの多い不如意な日々の連続でした。最後の結婚相手との間に出来た一人娘を――夫は娘の三歳の時に死亡しました――精一杯頑張って育てていますが、時に崩折れそうになる心の支えには、やはり過去の最も幸せだった時の思い出の品を身辺に置いておきたいとねがうのです。それは亦、あなたや晶一さんの息遣いを感じるよすがともなるでしょうから。

身の程知らずの望みとは百も承知の上ですが、もしあなたが、〈ちゃあちゃん〉のたった一度の頼みに心を動かして下さるようでしたら、これに勝る喜びはありません。

この手紙は、あなたの生まれ育ったお家宛てに差し出します。就職したあなたがもし別の所に住んでいらっしゃるようでしたら、ご家族の方にスムーズに転送して頂けるよう、わたしの名前は中町《なかまち》治《はる》子《こ》の「子」を記さないで封筒に書きます。住所は当分の間表記の北陸の小さな町に変りはありません。不愉快に思われるようでしたら、一読のあとは破り捨てて下さっても結構です。けれども、どんなに遠く離れていても、わたしのあなたを想う心だけはいつ迄も渝わらないことを信じて下さい。

あなたの輝かしい前途と幸福を祈っています。

母

わたしのショウくん

一九九□年　冬

愛する晶吾。

随分長い間ご無沙汰を重ねてしまいました。

あれからいつの間にか十年余りが経ったのですね。

あなたはもう中堅の有能な商社マンになっているのではないでしょうか。結婚して子供も生まれているかも知れませんね。詳しいことは知らなくても——知らないからこそ楽しい空想が膨らむのですが——、あなたはいつもわたしの胸の中にいて、わたしの折にふれての話し相手になってくれます。

十余年前、あなたはわたしの突然の非常識なお願いを退けることなく、ネックレスと指輪とあなた自身の写真を送ってくれましたね。ひそかに期待していた手紙はなく、一筆箋にただ一行、「元気でいて下さい」とだけ記されていましたが、わたしはあなたの初めて目にする肉筆のペン字がただもういとおしく、写真とともに抱きしめて涙を流し続けました。直ぐにお礼状を認《したた》め、自分の写真も入れて投函しましたが、予期したとおりあなたからの便りはそれ以後一度もありませんでした。

写真のあなたは、確かに若い頃のお父さんの面差しを受け継いでいましたが、口許の辺りは心なしかわたしに似ているようで、ひときわ愛着の念をかき立てられました。出来れば、ひとめ会いたい――。そう幾度思ったことでしょう。でも、一筆箋に書かれた短い文章から滲み出るあなたのわたしに対する感情を忖度しますと、行動に移す勇気は持てませんでした。もう、ちゃあちゃんと呼んでくれたあなたはいない――。自ら招いた結果の残酷さに、わたしは今更のように打ちひしがれました。

晶吾への思いは、贈られたかたみの品々や写真と共にやはりわたしの胸の中だけに秘めておこう。そう心を決めて、今までどおり誰にも何も語らずにきました。ただ娘の千晴《ちはる》には以前、あなたには父親の違うお兄さんがいるのよ、とだけは伝えたことがありましたが。

娘は、まだ年端もいかなかったせいもあって、「ふうん」と頷いたきり深くは問いかけてきませんでした。その千晴も短大生になり、年が明ければ二十歳の成人式を迎えます。

母一人子一人のつましく寂しい家庭に育ったにも拘らず、明るく素直に生い立ってくれたと喜んでおります。でも、成人式のお祝いに振り袖を買ってやりたいと思っても、現在のわたしには高価な和服は高嶺の花です。

千晴は、「貸衣装でいいよ」と、屈託なく言っておりますが、親としては自分の若い頃を振り返っても、せめて自前の衣裳で式典に参加させたいと思うのです。それで誠に申し訳ないのですが、幾許かのお金を千晴のために用立てて頂けないでしょうか。千晴もお兄さんからのお祝いと聞けばきっと喜ぶと思います。

ただ、お心遣い頂けましたら、決して無駄には致しません。いずれきっとお返ししますから、現在のわたしの内情を察してお聞き届け下さいませんか。

このことは、ご家族の方には出来れば内密にして頂きたいのです。わたしも、破廉恥な申し出であることは重々承知しております。でも、やはりあなたに、あなたにだけ縋りたいのです。どうかよろしくお願い致します。

終りに、あなたとご家族の皆様のご健勝をはるかにお祈りしつつペンを措きます。

治子

晶吾さん

一九九◯年　早春

前略

娘の千晴があなたを訪ねていったそうですね。

卒業前の思い出に、友人達と関西方面に二泊三日の旅行に出掛けることは聞いていましたが、まさかその途次にあなたに会う企みを有《も》っていたとは夢にも思いませんでした。不覚でした。

母親のわたしがどれ程かあなたに逢いたい気持ちをずっと抑えてきたというのに、娘は、単純な好奇心だけで易々とわたし達のサンクチュアリに侵入してしまったのです。その事実を、千晴は帰宅して間を置かず嬉々として報告しました。

「成人式の時に素敵な振り袖を贈って頂いて、直接お礼が言いたかったたし、お兄さんてどんな人か一度会ってみたかったから」と。

許せない、と、はしたないと思いつつ怒りがこみ上げてきました。目の前の娘が他人になった気がして、我れ知らず睨みつけていました。自分でも何故こんなに激情に駆られるのか戸惑うくらいでした。

千晴は、あなたが成人式の前にお金ではなく振り袖を送って下さったことに、喜びながらも不審も抱いたようでした。なぜ全くつき合いのない異父兄がこんな豪華なプレゼントをしてくれるのか、と。そして、以前わたしが教えたことのあるあなたの在籍する会社名を思い出し、東京の本社に問い合わせて、あなたの現在の勤務地が大阪支店であることを聞き出して、何気ないふうで友人達に関西旅行を提案したらしいのです。

あなたは、千晴が何のアポイントメントも取らず、いきなり会社の受付けで面会を申し込んでも、不愉快な顔も見せず会って下さったそうですね。退社後の待ち合わせ場所を指定し、一時間という限定ながら、淀屋橋近くの瀟洒な喫茶店でコーヒーとケーキをご馳走になっていろんなお話しをしたとか。

「初めて会ったっていう気はしなかったわ。やっぱり血の繋がりのせいかなあ。優しくてふわっと包み込むような温かさがあって、このひとがわたしのお兄さんなんだと思うと、何だか涙が出てきて困ったわ」

千晴は、わたしの気持ちなどお構いなしに眼を輝かせて話しました。

あなたは、わたしが無量の感謝を籠めて送った千晴の成人式の振り袖姿の写真を見て、「お母さんの若い時のイメージに重なった」と、感想を述べられたそうですね。その言葉を、わたし自身がどんなに聞きたかったことか。

振り袖を送って下さった時のメッセージ・カードにも、「成人式おめでとう。千晴さんへ」と書かれていただけで、以後は何のお便りもなかったのですから。あなたは過去を知らない千晴を傷つけないために、それ以上はわたしのことに触れず、千晴の語る将来の夢の話しなどに微笑みながら耳を傾けて下さったのですね。娘の母親としてはその気遣いを喜ばなければいけませんのに、わたしの胸には苦い澱が沈んだままになっています。あなたは、やはりわたしを赦してはいない、と。その覚悟は出来ている筈なのに、娘の楽しそうな様子を見て嫉ましさに耐えられないわたしは、救いようのない悪い女なのでしょうね。

ごめんなさい。見境もなくこんな取り乱した文章を綴ってしまいました。あなた方の母親としてお恥ずかしい限りです。でもわたしも年齢を重ねたとは言え一人の女です。あなたの面影を、長い間胸に刻んでいるうちに、わたしのいとおしい〈ショウ〉は、いつしか〈霧島晶吾〉という成熟した男性に変貌してきたことは否めません。直接会えないからこそ広がる夢想かも知れませんが。

この手紙は、読まれたら直ぐ焼却して下さい。投函を随分躊躇いましたが、やはり自分で処分することは出来ませんでした。どうか愚かなわたしをお嗤い下さい。

でもわたしのことは、これ以上嫌いにならないで下さい。お願いします。

治子

晶吾さま

一九九〇年　春

晶吾お兄さま。

はじめてお手紙差し上げます。

この間は突然会社にお伺いしてすみませんでした。きっとびっくりして、何て行儀の悪い女の子だろうとお思いになったのではないでしょうか。私も非常識なのはわかっていました。けれど事前にお電話などしてもし会っていただけなかったらどうしようという恐れがありましたので、思いきって旅行の途中いきなりお訪ねしたのです。ほんとうにごめんなさい。

一階のロビイに降りていらしたあなたは、受付けの前に突っ立っている私を見て、さすがにちょっと眼をみはられましたけれど、落ちついて、「霧島です」とおっしゃいましたね。ちらっと真っ白な歯の零れた形の好い口許が母にそっくりで、ああ、おにいさんだと、即座にテレパシーを感じて、涙が溢れそうになりました。あなたは私を、母が送った成人式の写真で多少ご存知だったでしょうけれど、私はあなたのお顔を、その時まで全然知りませんでした。母があなたの十年前のお写真を持っているということさえ聞かされていませんでした。

あなたは、退社後関連会社の人と会う約束の時間をずらして、私のために土佐堀川畔のティー・ルームでコーヒーを飲みながら二人だけでお話しするひとときを持って下さいました。どんなことをお話ししたのか、どきどきしていていまでは残念ながら断片的なことしか覚えていませんけれど、私が懸命にお喋りする様子を、あたたかい微笑で見守っていて下さったこと、今も心に灼きついています。時間があればもっともっとお話ししたかった、初めて会った男の人なのに――おにいさんだからでしょうか――、あんなに饒舌になったのは、自分でも呆れるくらいでした。

一時間はあっという間に過ぎ、あなたと別れてタクシーで友人達の待つホテルに向かいながら、私の胸は喜びでいっぱいでした。またお会いしたい、すぐにでも――。

そんな甘い空想に胸をふくらませました。でもその下から、ふと小さな疑問が頭を抬げてきました。あなたは私のお話しをとても優しく聞いて下さったけれど、ご自分のことはほとんど口になさらなかった。わずかに、振り袖を贈っていただいたお礼を言った時、「女の人のことはよくわからないので、家内に全部委せたのですが、気に入ってもらえてよかった」とおっしゃったことくらい。当たり前のことなのに、〈おにいさんには奥さんがいらっしゃった〉と、ガクンと心が前のめりになるショックを味わったものです。関連して、おずおずと、「お子さんは」とお尋ねしたら、「いません」と一言。何だかほっとしたことも、考えてみたら変ですね。

母に関しても、私の写真の印象にこと寄せて語られた以外、何もおっしゃいませんでした。長い間別々に暮らしていれば、母子といえども自然に心が遠ざかるものかとも思いましたが、それにしては、私の成人式にあんな豪華な振り袖を贈って下さったお気持ちがやはりわかりかねました。ごめんなさい。深く感謝しながら、こんな疑念を書いてしまうのは失礼なことと重々承知しています。あなたの温い印象に、つい甘えてしまいました。

帰宅して、母におにいさんとお会いしたと話しましたら、普段しずかな人が真っ蒼になって眉を吊りあげました。「わたしに内緒で何てことしてくれたの」。震えながら私を睨みつけた母の眼の中には、かつて見たことのない憎悪の炎が燃えていました。私は仰天して声も出ませんでした。だってそうでしょう。私の幼ない頃に父と死別した母は、私を育てるためにいろいろな職業について一生懸命働いてきました。詳しいことは知りませんが、父の残した借金もかなりあったらしく、それを返すために家も手放して大変だったようです。嫋やかな容姿を年を経ても保っていた母が、お化粧もごく薄く地味な服装で工場勤めや書店の女店員やスーパー・マーケットの従業員などをして働き続けて、当然のことながらそこには男性の影など一片も射していませんでした。その母がなぜ、日頃は思い出話もしたことのない、遠い日に別れた子供の動静でこんなに動揺を露わにするのでしょう。喜んでもらえると単純に信じていた私は、あまりの母の変容に、却って腹が立ってきました。もうおにいさんの話しは金輪際お母さんにはしないから。

晶吾おにいさま。

あなたには、母のこんな狂態——と、あえて言います——が、ご理解出来るでしょうか。私の知らないところであなたと母との間にどのような因縁があったのでしょうか。しかし、私はそんなことは無理に突きとめようとは思いません。所詮私とは関係のないことなのですもの。

けれども、母とこれ以上無意味な葛藤を繰り広げるのは避けたいと思います。何といっても二人だけの家族なのですから。そのためには、あなたとはもうお会いしないほうがいいのではないかと思うのです。とても残念で悲しいことですけれど。

ほんとうは、兄と妹というありのままのすがたでもっとおめにかかりたい、いろいろなお話しをしたいと、切に思います。けれどもそのことが母を傷つけるのでしたら、私はやはり母に背くことは出来ません。あの早春の宵の大都会の一隅での楽しい語らいを、若い日のこの上なく懐かしい思い出の一つとして、心に深く蔵っておきます。本当に有り難うございました。

いつの日か、あなたも私ももっと年を取って、すべての柵《しがらみ》から抜け出して笑顔でお会いすることが出来たら、と、夢のように考えております。

それではどうかお身体を大切に。奥さまにもよろしくお伝え下さいませ。

霧島晶吾さま

あなたの妹　千晴

# 二〇一〇年　初春

霧島晶吾さま

あなたに初めてお目にかかり、心に残る思い出をいただいてから、二十年近い年月が経ちました。お元気でお過ごしでいらっしゃいましょうか。

あなたがあの後数年の海外勤務や国内転勤を経て、今度は役員待遇の大阪支社長として再び故郷に戻られた由、母の遠い縁戚の人からの時たまの便りで知りました。順調に企業人としての階段を登っておられるご様子に、母と陰ながら喜び合いました。

その母は、八十歳を目前にした昨今、心身共に衰えが目立つようになりました。数年前から膝を痛めて外出にはスティックを欠かせなくなりましたし、最近は物忘れの度合いも増してきました。

私が短大卒業後、生まれ育ったこの町で幼稚園の教諭になり、三十歳の秋高校の先輩の県庁職員と結婚した時は母もやっと肩の荷を降ろしたようで、長年の勤めも辞めました。

新居のマンションに母を引き取り、これからはのんびり暮らしてもらおうと思っていましたのに、その五年後夫の不倫が発覚し、どうしても許せない私は幼ない息子を連れて離婚し、また母との水入らずの生活に戻りました。母とは違った意味で、私も夫運の悪い女といえるのでしょうね。でも私は自分の選択を悔いていませんし、母も理解してくれていると信じています。ただ、老いてゆく母に新たな心配を負わせてしまったことは、娘としてやはり申し訳ない気持ちで一杯です。

暖かくなりましたら、母と息子を連れて何年振りかで母の実家のお墓参りをしたいと考えております。これ迄は私一人が日帰りで二、三度S市へ赴いていたのですが。

もしかしたら今度の帰郷が母にとって最後のものになるかもしれないという気が、漠然とですがしております。

その時、もしご都合がつくようでしたら、母に会ってやっていただけないでしょうか。母は、相変わらずあなたのことは具体的には話しませんが、年とともにあなたの面影が一層色濃く浮かんできているのは想像に難くありません。話さないのは、言葉にすれば胸の幻影が消えるのではないかと恐れているのでしょうか。年甲斐もなく自分勝手なお願いで本当に恐縮なのですけれど、もしお聞き届けいただけたら、これ以上の喜びはございません。

そして、四月には小学校へ入学する息子にも、「あなたにはこんな立派な伯父さまがいらっしゃるのよ」と、紹介したいのです。

息子の名は彰《あきら》といいますが、母は時々小さな声で、「ショウちゃん」と呼んでおります。

息子の方は何故か、「ばあちゃん」ではなく、「ちゃあちゃん」と呼びかけるのです。初めてぎこちなく「ちゃあちゃん」と口にした一歳前後の時は、母はとても嬉しそうな顔をして、初孫の小さな身体を抱きしめていました。息子も幼な心におばあちゃんの気持ちが通じたのか、発音が明瞭になってきても、「ばあちゃん」とは改めず、「ちゃあちゃん」のままで祖母とつき合っております。私としましては、ばあちゃんがなぜちゃあちゃんに変化したのか不思議なのですが。

いずれ春休み前には——離婚後私は再び以前の幼稚園に勤めております——、具体的な日程を組みたいと思いますので、その時はまたお手紙差し上げます。でも、あなたのお気持ちが進まないようでしたら、遠慮なくお断り下さいませ。決してあなたをお恨みすることは致しません。このことは、無論母にはまだ伝えておりません。私のこの思いつきが、あなたや母にどのような影響を及ぼすのか、考えると恐い気もしますが、ともかくも決心の舟を漕ぎ出すことに致します。

無用かとも思いますが、一応私のスマートフォンのナンバーとメール・アドレスを記させていただきます。

久し振りのお便りが、またあなたのお心を煩わすことで申し訳ありません。どうかお許し下さいませ。けれど、私の妹としての我儘なお願いはこれっきりにしますことはお約束致します。

お身体くれぐれも大切になさって下さい。そして、ご家族の皆さまにもよろしくお伝え下さいますように。

千晴

晶吾兄上さま

二〇一〇年　陽春

霧島晶吾さま。

有り難うございました。母に代わって、心から御礼申し上げます。

同時に、あなたのご事情を推し測る思慮を欠いた私の非礼を深くお詫び致します。本当に申し訳ございませんでした。

三月に入って思いがけずあなたから、〈旅行のスケジュールと宿泊先を教えてほしい〉とのメールが入った時は、夢ではないかと舞い上がってしまいました。

そして、三月下旬のあの日曜日の午後。三泊四日の旅程の三日目でした。K市の霧島家の墓所で、私達は長い歳月を隔ててお会いしましたね。私があなたにお目にかかるのは二十年振りですけれど、母とあなたはおよそ半世紀という途方もない時の流れの果ての再会でした。

あなたは、初めてお会いした時より幾分瘦せて、豊かな髪には白髪も混じっていましたけれど、渋いスーツ姿の落ちついた端整なたたずまいは昔のままでした。私の胸は、かつての日のように高鳴りました。

私に軽く会釈して母の方に向き直り、「霧島晶吾です。お久し振りです」と、挨拶なさるあなたの声は、心なしか冷ややかな響きがありました。内心私ははっとしました。

母は、暫く放心したようなまなざしをあなたに当てていましたが、やがて手にした杖を投げ捨てがくりと石畳の地面に膝をつきました。

「ゆるして下さい」。深く頭を垂れた母の口から洩れたのは、消え入りそうな謝罪の言葉でした。そのあとは、胸に沁み入るような啜り泣きの声がいつまでも続きました。

初めて母に今度の計画を話した時は、母は大きく眼を見開いたまま何も言いませんでした。近頃頓に口数が少なくなっているせいもあり、黙ったままひたすら出会いの時の言葉を考えていたのでしょう。結局母には積年の思いをこめた、「ゆるして下さい」の一言しか浮かんでこなかったのだと思います。私は、母が可哀相に思えてきました。

私は、腰を屈めて母の細い身体を抱き起こしました。私の上半身に寄りかかりながら、母は途切れ途切れに憑かれたように言いました。

「赦しを乞う資格もないのに、わたしは、成人したあなたに、おねだりの手紙を、書きました。軽蔑されてもいい、どんな形でも、ただあなたと、繋がって、いたかったから――」

あっ、と、私は息を呑みました。反射的に、成人式のお祝いにあなたから贈られた美しい振り袖を思い浮かべました。あれは、あなたのご自分の意思からのプレゼントではなく、母が催促したものだったのですね。そして滅多にアクセサリイを身につけない母が、私の入学式や卒業式の時だけ、フォーマル・ウェアの胸許に飾っていた真珠のネックレスや指輪も、あなたからいただいた品だった――。

何故そんな恥ずかしいことを、娘の私にも知らせず臆面もなく仕出かしていたのか。悔しさと怒りがこみ上げる前に、「どんな形でも繋がっていたかったから」という言葉が胸を刺しました。それは、私などが立ち入ることの許されない母とあなたの間にだけ通う秘めやかな感情の隘路だったのでしょうか。しかし、母の方はそう思い込んでいたとしても、あなたの受け止め方はどうだったのでしょう。

「許すとか許さないとかの確執は、あなたと私の間には初めから存在していません。気にしないで下さい」

やっと二人して立ち上がった時、あなたは静かに仰しゃいました。聞きようによっては冷淡に突き放す意味合いに取れますが、私はそうは思いたくありませんでした。

あなたの生来の優しさは、若い日に一度だけお会いした時に、本能的に感じ取っていましたから。けれども母に向けられるその寛容さが、肉親ではなく単に一人の老女に対する憐憫に過ぎないのだとしたら、やはり寂しさを感じないではいられませんでした。

母は、ハンドバッグからハンカチを取り出して涙を拭きながら、「ありがとうございます」と、繰り返していました。どういう意味かよくわかりませんでしたが。

その時、大人達の異様な雰囲気を避けてか、離れた墓石の間を行ったり来たりしていた息子が駆け寄ってきて、地面に倒れた杖を拾い上げて母に持たせました。

「ちゃあちゃん、杖落としたらだめだよ」

普段母親や祖母に注意されているのとそっくりな口振りに思わず笑いが零れ、母もハンカチを眼に当てたまま口許をほころばせました。

「ちゃあちゃん、か」。あなたは微笑しながら呟き、息子にやさしいまなざしを向けられました。

「彰くんだったね。お母さんの手紙にも書いてあったけれど、どうしておばあちゃんがちゃあちゃんなのかな」

「わかんない。だってちゃあちゃんなんだもの」

答えにならない答えを残して、息子は、照れくさそうにまた走り出しました。それまでの張りつめた空気を潤す緩衝剤の役目を無邪気に果たして。

あなたが、息子の後ろ姿を眼を細めて見守っていらした様子が、胸に残りました。

私達は、それから改めて霧島家の墓碑の前にお花と線香を供えて合掌しました。私にとっては未知の方々のお墓でしたけれど、あなたの大切な肉親だと思うと、ごく自然に敬虔な祈る気持ちが生まれてきました。

その夜、連泊しているホテルのレストランで、私達はおそらく最初で最後となる水入らずの晩餐を摂りました。

あなたは昼間の他人行儀から一転して、母にも息子にも細やかな気配りを見せて下さいましたね。私が申し訳なさもあって遠慮がちに、「奥さんもいらっしゃればよかったですね」と言いましたら、あなたはさりげなく、「家内は二年前から神経科の病院に入院しているから」と、応えられました。

私は息がつまりました。

初めてあなたのプライベートな一端に触れ、これまで私が如何に自分達の内情だけをあなたに押しつけてきたことかと、あらためて自身のエゴイズムを思い知らされました。ほんとうにすみませんでした。

母は、私達の会話には加わらず、ひたむきなまなざしをあなたに注いでいました。母にとってあなた以外の人は――たとえ妻であっても――、何の興味も湧かなかったのでしょう。彼女には、霧島晶吾という一個の人格が、我が子という意識も超越した絶対の存在になっていたのではないか、ふとそんな気がしました。

息子だけは大人達の思惑に頓着なく、生まれて初めて経験する豪奢なホテルのレストランのディナーを楽しみ、この日会ったばかりのあなたに人懐こく甘えていましたね。父親のいない日頃の寂しさを、束の間埋めていたのでしょうか。

食事がすむと、疲れ気味の母と眠気を催した息子は先にゲスト・ルームに引き上げ、あなたは私を隣接したバアに誘って下さいました。そこで上質のカクテルを口にしながら、あなたが語って下さった過去の経緯を、私は決して忘れないでしょう。

あなたは、二十年振りに母からの手紙を受け取るまで母のことは殆ど記憶になかったとおっしゃいました。ちょっと驚きましたが、二度目のお母さまの溢れる愛を受けて成長された過程を聞けば、無理もないことと思われます。母の手紙の文言で断片的な思い出は甦ったものの、〈ちゃあちゃん〉と呼んでいたそのひとに、生みの母の実感はどうしても持てなかったとか。それにも拘らず母の無躾けな要望を受け容れたのは、自分をこの世に送り出した〈生命《いのち》の配達人〉への物理的な返礼の意思からだった、とおっしゃいましたね。〈生命の配達人〉、その表現の裏に潜む冷徹な肌触りに、私は、あなたの別の一面を垣間見た気がして、少し心が寒くなりました。母が哀れに思えました。

でも、次にあなたが語られた内容で、寒さは忽ち雲散霧消しました。

あなたは、こうおっしゃいましたね。

「きみの成人式の前に、あの人からお金の無心があったが、ぼくは金なんか返してもらおうと思わなかったから、直接着物を贈ることにした。妻には父親の違う妹がいることを初めて打ち明けてね。きみがお礼を言いたいと、旅行の途中にいきなり会社に現われた時は面喰らったが、不快な気はしなかった。むしろ懐かしい感じで、きみの話しを聞くのは楽しかったよ。あれっきり今日まで会うこともなかったけれど、妹がいると思うだけで、何となく心があたたまる感じだった。家では弟と二人兄弟だったからね」

淡々とした口調で、初めてご自分の心情を話されるあなたに、私は、これまでどこかあやふやだった〈兄〉という実感がだんだん濃くなってくるのを意識しました。〈家内〉が、〈妻〉に変わったことにも親しみを持ちました。

「それから――」

少し間を置いて、あなたは幾分酔いを含んだ切れ長の眼を私に向けて、言葉を継がれました。心なしか、瞳がきらりと光ったようでした。

「昼間、墓地で彰くんが、〈ちゃあちゃん〉とあの人を呼んだ時、ぎくっとした。五十年前の自分が眼の前に立っている、と錯覚したんだ。彰くんよりもっと幼なくて、帰らないあの人を待って泣いていた四歳の自分がまざまざと甦ってきた。考えてみれば、忘れた、というより無理に忘却の淵に追いやっていたのかもしれない。彰くんの、〈ちゃあちゃん〉の一言が、ぼくをあの人の子供の心に立ち返らせてくれたんだね。ぼくの前で打ちひしがれた様子で立っている、痩せた年老いた女性を、自分の〈ちゃあちゃん〉だと、素直に頷くことが出来た。そう言った意味で、今日きみ達と会えたことは本当によかったと思う」

母や息子が聞いたらどんなに喜ぶかと思い、胸が熱くなりました。反面、一抹の危惧も覚えていました。あなたが母の子の心を取り戻して下さった今、果たして彼女があなたに求めるのは、ただ我が子の面影だけだろうか、と。親子が歩み寄るには、五十年という歳月の河はあまりに深く長かったと、嘆息せずにはいられませんでした。

彰だけは何も知らず、優しい伯父さんと次に遊ぶプランをいろいろ考えながら眠りについたことでしょう。

あれから十日余り経ちましたね。

帰宅した翌日、あなたにお礼のメールを入れさせていただいた時、母もこれを機に、生きる意味を問い直すでしょうと記しましたが、予期したとおりそれは希望的観測に過ぎなかったようです。

あなたと初めて肉親らしい会話を交わすことが出来た歓びは、それまでの張りつめていた一筋の糸をぷつんと断ち切ってしまったらしいのです。母は以前に増して無口になり、食事の量も落ちましたが、家事の方はゆっくりとながらやってくれております。母の心にどんな思いが錯綜しているのか知るすべもありませんが、私はこのまま住み馴れた土地で身近かにいて、母を見守っていきたいと考えております。

小学校一年生になった彰は元気いっぱいで、学校から帰ってくるとランドセルを放り出して、大阪であなたに買っていただいた最新のゲーム機を取り出し、眼を輝かせながらバーチャル・リアリティの世界で暴れています（とは目撃した母の証言です）。

彼の目下の目標は、夏休みに、「大阪の伯父ちゃん」と男二人で金剛山へ登ることだそうです。いずれ彼には、母親や祖母が犯したような自己中心的な願望をあなたに押しつける誤ちを繰り返さないよう言い聞かせるつもりです。

奥さま——もうおねえさまと呼ばせていただいてもいいですね——のご病状、あなたははっきりとは教えて下さいませんでしたけれど、今暫くご療養が必要でいらっしゃいますとか。お子さんもいられず寂しい境遇でいらっしゃったことなど、想像すらせず甘えてばかりいた無神経さ、今更のように恥じ入ります。

機会がありましたら、おねえさまのお見舞いをさせていただきたいと思いますが、如何でしょうか。あなたが愛した方ですから、美しく心優しい女性でしょうと、ひそかに胸に描いております。

お互いに仕事を持ち、——あなたに較べれば私の職業などささやかなものですけれど——、家族を抱えておりますから、そう度々お会いすることも出来ないでしょうけれど、これからは何の懸念もなく血の繋がる者同士の絆を強めていきたいと思います。

いま午前零時。

メールでは表現しきれないと思い、久し振りにペンを手にしました。もっともっとお話ししたいことはありますが、勤務の都合もありこの辺でお終いにさせていただきます。

どうかお身体にお気をつけ下さって、今後益々のご活躍を、心からお祈り致しております。

外は、花の雨が降りしきっています。

千晴

晶吾兄上様

# 朝ごとに

葉山弥世

九月に入って七日目だというのに、朝から水を浴びたいほどに蒸し暑い。このところ毎日汗にまみれて、着たものの何もかもを洗濯する。別に重労働をするわけではない。ただ座って店番をしているだけだというのに。

それに、この家がビルに囲まれてきたことも、通風を悪くしている。おまけにどのビルも朝から冷房をするらしく、戸外には遠慮会釈もなく熱風が放出されている。

それにしても直子からの突然の電話は、克江をすっかり狼狽させている。彼女もそのことを悪いと思ってか、しきりにごめんよを連発し「行く行かないは別として、木原さん、肝硬変で大学病院に入院してもう三ヵ月目だそうだから、一応、連絡したまでよ」と言って受話器を置いた。私から去っていった男を見舞うなんていや、絶対にいやよ……。克江は胸の内でヒステリックに叫んでいた。

近所の小学校やミッション・スクールの顔見知りの子どもたちが、時々「お早うございます」といって通りすぎて行く。興奮したせいか体はアルコールが入った時のように火照り、克江は忍耐心が負けて、つい扇風機のスイッチに手がいく。その風もヌルッとしていてあまり気持のいいものではないけれど、それでも蒸し暑い無風状態よりはいい、と思う。

「おばさん、電話借ります」

どうぞと言いながら克江は、おやっと思った。確か昨日も電話をかけに来た子だ。でも、こんな子これまでいたかな？　転校生かしら？　四年生ぐらいかな。切れ長の目をしていて、子ども離れした顔だ。こういうのが年頃になったら、美人になるんだろうな。不思議に注意をひく子だ。そんなことを思っていると気持も次第に鎮まっていった。

開け放した隣の部屋で、母が新聞を読んでいる。最近、動作がいやに鈍くなった母は、まだ寝巻き姿のままだ。朝起きるとすぐ服を着替えて、髪をきちんと結っていたきれい好きだった母を思うと、今の母はいやでも老いの深まりを感じさせる。それでも人工の風の動きには敏感に反応して、ずり落ちそうな眼鏡の顔をあげ、じろっと克江の方を見た。

「朝から、いいのかい？　体に悪いよ」

「クーラーじゃないんだもの。暑さでバテるより、いいわよ。それにさ、長袖だもの」

「そうよね。長袖だったよね」

母は、何となく済まなそうに言った。その言い方が、克江の気持を逆に済まない思いに駆りたてた。

「でも、やっぱり切ろうね。私たちは、マイナスのおまけがついてる体だから、自分自身で守らなくちゃね」

「そう、そう、ほんとにそうだよ」

克江は扇風機のスイッチを切ると、書類戸棚の引きだしから扇子を取り出して、「これならいいでしょ。大昔からあったんだもの」と声をたてて笑った。笑うとよけい汗がにじみ出るような暑さだった。

電話口であの子も偶然、声をあげて笑っていた。聞くとはなしに聞いていると、どうやら母親と話しているらしい。学校から帰ってのオヤツや晩のおかずの要望を述べ、パパにおみやげを忘れないように言ってほしいなどと頼んでいる。「でね」「だってさ」を連発する東京弁をしゃべり、顔が与える印象と一致しているのが、克江にはおかしかった。

「おばさん、ありがとうございました」

そう言って一礼して行くあの子の礼儀正しさが、昨日はあまり気にならなかったのに、今日はなぜか気になる。克江は思わず窓からのぞいて、後ろ姿を見送った。

この店を克江が母から受継いで、もう十三年になる。玄関横のわずか四畳半ほどの手づくりバッグの店の一角に、タバコと切手の売店と公衆電話が併設されていて、戦死した父の遺族年金とあわせると、二人で何とかやっていける程度の収入があった。タバコや切手の関係で、近所の学校の先生やビルのサラリーマンたちがよく立ち寄ってくれ、親しく言葉を交わす者たちも何人かいた。

母は、父がビルマで戦死したうえ、原爆によって心身に痛手を受けながらも、缶づめ工場の工員やマーケットの店員をしながら、幼い克江を育ててくれた。母の苦労は、それを側でじって見て育った克江には、言葉などに言い表わさなくても心の深いところで共感できる。少なくとも、克江はそう思っている。

克江が小学校の六年生のころ、母はこの同じ店で洋裁店を開いていた。昼間は働きながら洋裁学校の夜間部に通って修得した技術を早速いかして、元の勤務先や近所の娘たちから数多の注文を受けていた。

四季折々には安い端布を買ってきて、克江の洋服を縫ってくれもした。新しい服を着るとき、克江は母のスタイル・ブックの中のモデルになったような得意な気分に浸ったものだ。母も人目をひく服を克江に着せることで、ステキな服ね、モダンなお母さんね、と言われることが嬉しいようだった。

夜中に目が覚めると母がまだミシンを踏んでいることも度々で、克江は母の体を気づかった。母さんが死んだらどうしよう。ひとりぼっちになったら、どうしよう。そんな恐怖感にとりつかれて、克江はミシンを踏む母の背にしがみつき、声を殺して泣いたことも一度や二度ではない。そんなとき母は、大丈夫よ、と言って息ができないほど強く抱きしめてくれた。そして克江の背中を撫でながら、決ったように言うのだった。――私たちはお父さんと、克ちゃんの二人のお兄ちゃん、そしてお祖母ちゃん、お祖父ちゃんの分まで生きなきゃいかんものね。父さんがいなくても、克ちゃんには絶対、上の学校に行かせてあげるから。だから母さん、一生懸命働くの。病気するひまなんか、ありゃしない――

克江はそうした母の執念のお陰で、行き手の少ない頃の短大を卒業し、この地方では名が知れた薬品販売会社の経理部に勤めることができた。でもそのころからデパートやスーパーマーケットに格好のいい安い既製服がでまわるようになり、母の洋裁店も注文が減った。母は伯父などにも相談し、将来性を考えたうえで、今の手づくりバッグの店に切りかえたのだった。

克江も母も原爆手帳をもらってはいたが、あまり真面目に健診に行かなかった。郊外に住んでいて被爆しなかった伯父がそれを知って怒り、それ以来ここ十年は、年に二回、ちゃんと健診を受けている。普通の人よりは白血球が少ないのは、ふたりともある程度仕方ないと思って、気にしないことにしている。母は時々めまいがするといって横になっていることもあったが、長く寝つくということはなかった。日頃は努めて元気にふるまい、被爆者であることで他人から配慮されたり、労られたりすることが嫌いだった。

あの朝、七時半すぎに母は四歳の克江を連れて、伯父の家に米や野菜を分けてもらうために広島駅に行き、ベンチに座って汽車を待っていたという。もうすぐ汽車が入るというのに、克江がオシッコといってぐずつくので、叱りながら一緒に便所に入っていて被爆した。克江はドカーンという耳をつんざくような音を聞いて、いつも母に教えられていたように、両手で耳と目を塞いだ。記憶はそこまでしかない。母も暫く気を失っていたそうだが、あまりの熱さで気を取り戻した。あたりは暗く、静寂そのものだった。母は何が何だかまるで判らなかったが、一点の微かな明りをみつけ、それをめざして木切れを払いのけ、やっとのことで這い出した。そして片手だけ出してすっかり埋まっていた克江を、狂ったように引っ張り出した。と同時にポッポッと火の手があがり、克江を抱いて一目散に北の方角に逃げた。途中で家には夫の父母がおり、国民学校に息子二人が行っていることを思いだしたが、見渡す限り火の海で、とても戻ることなどできなかったという。

克江はあの日から、左腕の肩から肘にかけて、ケロイドという余分なものをつけて生きる羽目となった。そのために、夏でも半袖は着たことがなかった。

「ねえ、何かいいこと載ってる?」

「あんまりないねえ、丁寧に読んだのは中国残留孤児のことと、一昨年から始まった〈老いの島々〉ぐらいよ」

「で、何て書いてあったの?」

「母親の名前が判って、写真があるそうだ」

「じゃあ、すぐに判るわよ」

「だといいけどね。祖母の家は広島だから、原爆でやられたかもしれないとあるよ」

終りの言葉が克江の胸を刺した。その漢字二文字が、どんなに拒んでも克江や母の人生に影のようにつきまとい、克江は恋人さえ失ってしまったのだった。

克江は母の横から新聞をのぞき込んだ。その母親という人は、大きな花飾りをつけた美しい人だった。恐らく写真の孤児の年齢の方が、ずっと高いのだろう。まるで化粧気のない孤児の顔には、生活の疲れがありありと浮いていた。

そういえば、今朝のテレビニュースでも残留孤児のことを大々的にとりあげていた。何人かの孤児たちが肉親と会えて、声をあげて泣いていた、そして中国語で、できれば日本に帰りたいと希望を述べていた。

「〈老いの島々〉、何て書いてあった？」

「自分で読んだら」

母は意外にそっけなく、新聞をつき出した。

百メートルばかり離れたミッション・スクールの礼拝堂の塔から、カリヨンの讃美歌が流れている。このメロディーが鳴るともう正午だ。土曜日の今日は、小学生がぼつぼつ帰って行くころだ。克江が会社を辞めて店に専念するようになって、ずっと聞き慣れた金属性の澄んだ音が、なぜか今日は胸に沁みる。

そう、あの礼拝堂が建てられたのは二十年前。克江が二十四の時だった。あのころは、若くて、仕事もこなせて、会社からも十分に必要とされていた。毎日、会社に行くのが楽しく、休憩時間には率先してお茶を入れてまわり、それがひとつも苦にならなかった。

短大時代の友人の直子に勧められて山歩き会に加わったのも、そのころだった。月に一度、近隣の野山を歩き回った。会員は三十人ほどいたが、それぞれ仕事をもつものばかりで、月例の山歩きには大体、半数程度が参加すればいいほうだった。

二年間、克江は山歩きを一度も休まなかった。同じ被爆者である直子も皆勤賞で、熱心だねと言われると、私たちはこれで自分の体に挑戦してるのよね、と笑ったものだ。教師をしている直子は、自分の被爆体験を生徒に開けっ広げに語っているらしいが、克江はやはりこだわっていた。特別な経験をもっていることで、引け目を感じているのではなかった。ただ母と同様、そのことで他人から労られたり、特別視されるのが嫌だった。

この近辺にはあまり高い山はなかったが、それでも小登山した日は快い疲れの後、体中の血液が入れかわったような新しい力を、克江は感じた。そしてそれが、仲間に加わってきたばかりの木原に対する気持と結びついていることを知った。

木原は名古屋の大学を出て、この地の大手造船会社に就職し、会社の独身寮に入っていた。しっかり者で、年は一つしか違わないのに、克江には一回りも上のように感じられた。理系だが音楽にも詳しく、それまでクラシックに関心がなかった克江を、すっかりベートーヴェン好きにさせた。時々、音楽喫茶で待ち合わせて好きな曲をリクエストしたり、公会堂で音楽会が催されると、一緒に聴きに行ったりした。何気なく言った誕生日を覚えていてくれて、花屋から真紅のバラを届けてくれもした。二十六の、いささか年齢を気にし始めていた克江にとって、それは大感激することがらであった。

彼が独身寮を出たのはそれから半年後で、私は夕食を差し入れたり、レコードを聞きに彼のアパートに立ち寄った。そうした付合いをするうちに私たちは自然に親密な関係となり、私は木原の言動に当然のように結婚を期待した。こうした関係にありながら、私は被爆したことを敢えて言わなかった。木原はケロイドを見ても、何も問わなかった。だからあのことにこだわっているとは思えなかった。それなのに、私がそのことを一言も語らなかったのは、傷口を切り広げてしまうような恐怖を感じていたからだろうか。

妊娠三ヵ月目が判った時、木原は私があのことを黙っているのをひどく非難した。一緒に暮そうという気があるのなら、大切なことをきちんと言わないのはおかしい。そのことに腹が立つのだと言った。そしてまもなく、両親が結婚を絶対に許さないと言うので別れてくれ、中絶をしてくれと懇願した。私はそうした彼に人間不信と不甲斐なさを感じながらも、別れてもいいから産みたいと思った。

母は、手塩に掛けた娘が正式に結婚もしないのに男と関係を結び、こうした結果になったことに随分気落ちしたらしいが、責任をとろうともせず平気で中絶を口にする男なんか、こっちから払い下げだと言い切って、木原には何の未練も残さなかった。未婚の母という言葉もなかった時代、私は結局、産婦人科を訪ねるしか術のない女だった。

痛さと恥ずかしさに耐えてひと眠りした薄暗い病室で、私は天井を見つめながら泣いた。こうした結果を招いたのは、自分にも半分は責任があるんだ。だから、泣くことなんかない。自分の人を見る目が低かったことを、むしろ笑うべきだ。そう言い聞かせても涙は止まらなかった。そして私は一つの生命を殺したのだと思うと、居た堪れない気持になったばかりか、幻に終った愛を、母が言うようにきっぱりと絶ち切れない、どうしようもない自分に気づいて、益々落ち込んでいった。

それから三年間、心はぬけ殻のようになりながら、私は仕事に没頭した。そのことが評価されて、その春、女性としては異例の若さで係長に就任した。しかし私は、仕事のできる人、という評価が上がれば上がるほど、虚しい気持にとりつかれていった。こんなことをしていても時間と神経をすり減らすだけで、形は何も残らない……。係長になって十ヵ月目にその思いはどうしようもなく心に貼りつき、私は年度末の人事異動を待ち侘びて退職した。そして母の店を継ぐために、手芸教室に通ったのだった。

月曜日は人恋しくて、つい愛想がよくなる。＊＊円です、ありがとうございます、という商売用の言葉だけでなく、天気のことやお互いの近況などを交換したりして、克江はコミュニケーションを広げている。

店先のフラワースタンドに並べた鉢植に水をやっていると、ミッション・スクールの小西先生が「放課後、生徒が招待状をもってきますから」と急ぎ足で通り過ぎて行った。母が今年古稀を迎えたので、生徒たちによって演奏される音楽会に招待しようというものだった。地域社会に開かれた学校を、ということがこの学校の目標の一つでもあるらしく、体育祭や学園祭などに近所の老人をよく招いていた。

母は引退したとはいっても、克江が材料の仕入れに行く時は店番をしていたし、毎週木曜日の午後、克江が自宅の二階で手芸教室を開いていたので、その時間は、母が当然のように店に出ていた。だから母はまだまだ現役のつもりでいるし、克江も母をあてにしていた。ただ最近、立ったり座ったりの動作が目にみえて鈍くなった。そのことは母も薄々気づいているようで、年寄り扱いされることをよけいに嫌う。その母に老人を対象の招待状がくることを、克江は苦笑した。

「マイルド・セブン、三つ」

いつもタバコを買ってくれる中年のサラリーマンだ。ふと見るとシャツの第一ボタンがとれている。いや、引き千切られているといった方がふさわしい。克江の目がそこへいっていることに気づいた彼は、

「息子がね、病気でもないのに学校へ行かん言いましてね。今朝は格闘ですわ。親の気も知らんでね。タバコでも吸わなきゃ、やれませんよ」と笑った。

「格闘する相手がいるだけ、いいのかも知れませんよ」

言いながら克江ははっとした。胸にこみあげてくるものがあった。私だって生意気盛りの喧嘩相手がいたはずなのに……。ちゃんと育っていたら十七歳だ。ああ、思うまい、と封じ込めればよけい苦い思いが這いあがってくる。額ににじみ出た脂汗を、克江は何度もハンカチで拭いた。

「おばさん、お早うございます」

またあの子だ。しきりにダイヤルを回している。

「ママ、夕べのお話の続きしてよ。うん。ちゃんといい子してるからさ。パパまだ寝てる？　昨日、おみやげ期待してたのにさ、もーお、忘れちゃうんだから。今日は絶対に忘れないようにママからも頼んでてね。ママ、大好きよ」

別に盗み聞きしているわけではないが、話の内容が手に取るように聞こえてくる。大人びた顔に似合わず甘えんぼうのようだ。自分が子どものころは電話など思ってもみなかった。高校になってやっと赤電話がとりつけられ、恐る恐る触ってみた日を思いだし、克江はつくづく時代が変わったのだと実感した。そしてこれからどこまで変わっていくのだろうと思うと、ふっと寂しくなった。もう五分も経っている。あの子も自分の腕時計を見ている。克江と目が合うと慌てて受話器を置き、大きな声で礼を言って小走りに学校へ向かった。

「ねえ、昼から仕入れに行ってくるわ」

「もう、そんな時期かねえ」

布製バッグの表地に刺繍をしていた母が、手を止めて言った。独りでにずれてくるのか、すぐ手が眼鏡にいっている。自分もそろそろ老眼になりかかっていて目のあたりが気になる克江は、軽い憂鬱を感じながら椅子から立って、母の隣に座った。大変に細かい仕事をしている。克江の弟子への結婚祝いにといって、五日前から始めたものだ。母は元来器用なたちで、洋裁店のころから襟元や胸元に刺繍をして、一味違う趣をだしていた。それは今の店でも生かされ、既製品を嫌う人々から好まれていた。

材料は、まだ一週間そこらは心配なかった。けれど克江は急に墓参りしたくなり、それを母に言うのが気恥ずかしかったので、仕入れを口実にしたのだった。

早目の昼食を済ませて休んでいると、テレビがまた残留孤児の番組をやっている。母はなぜか、この問題に関心があるようだ。克江は自分と同世代の、しかし随分老けた孤児たちを見ると痛々しすぎて、つい目を背ける。

「満州の方がよかったかね」

　母が独り言のようにつぶやいた。

「どうして……」

「ひょっとしたら、会えるかもしれないよ」

「そうね。だけど逃げて帰る時、修羅場だったというじゃないの。それに孤児たちの異国での戦後は、また違った意味の苦労があったんでしょ」

　そう言いながら克江は、バカなことを言ったと思う。そんなことなら母の方が百も承知のはずだった。母は夫と実兄が戦死し、あの日、二人の息子と舅姑を亡くしていた。克江は幼いころから母に、死んだ者たちの分まで生きるのだといって育てられたが、あの力強い言葉の裏側に、母が未だに失った者たちへの断ち難い思いを抱き続けて生きているのだと思うと、胸がいっぱいになった。

　いつもなら墓地へはバスを使うのだが、克江は今日はミッション・スクールの先でタクシーを拾った。材料屋まで往復するのに二時間足らずの行程だが、反対方向の墓地の丘までも同じ時間内で行って来るには、少々お金がかかっても仕方ないと思う。

　季節外れの墓地には、お盆のときのような賑やかさはなかった。紙灯籠もすっかり片付けられ、灰色の墓碑列の中に所々、植木の緑がアクセントをつけていた。母に内緒で来たために、克江は線香もろうそくも持っていない。

先祖の墓の隣に、母が十五年前に建てた御影石の墓石が窮屈そうに立っている。克江は座って、連ねられた名前のひとりひとりに触ってみた。午後の日差しを受けて、刻まれた石は暖かかった。

二歳のとき出征した父のことは全く覚えていない。自分はもう、父が生きた年齢よりも十一年も長く生きている。そう思うと克江は父が可哀相に思えてくる。写真で知った父の顔がふっと浮かぶ。連れ合いだった母は早くに未亡人となって、どんなに淋しく辛かったろうと思う。

ふたりの兄には、微かながら思い出がある。紙飛行機をよく飛ばしてくれた。パッチンをしたような記憶があるし、おんぶもしてくれた。国民学校の一年生と二年生から決して大人になれなかった兄たち。

そして、その側に置かれた小さな丸い石。母が何もいわずに置いてくれたその石。生命の形をしながら生きることを許されず、墓石に刻む名前さえ与えられなかったあの小さな命。忘れてしまいたい。でも忘れてはいけないことなのだ。自分はこのことを確認するために、今日わざわざここに来たのかもしれない、と克江は思った。

丘の上からは市街が一望できる。ここに立つたびに、この街は大きくなっている。今や百万の政令都市。こうして見る限り、この街が四十年前、人類史で初めて核兵器の洗礼を受けたなんて、克江にさえとても思えない。まして林立するビルの下に、無念の死を遂げた二十万人もの人々の鮮血が流れているなど、よほど注意深い人でなくちゃ、解りゃしないんだ。克江はそう思いながら溜め息をついていた。

材料はいつもより多く買い込んだ。皮革材の方は夜届けてくれるので、さしあたって布と糸だけを持ち帰ることにした。

バスはまだ渋滞の時間ではない。通りの真ん中を市電が並走し、両側の商店街が平日なのに賑わっている。克江はその一番賑やかなあたりのデパートの前で下車した。外の蒸し暑さは、朝よりもずっとひどい。予定の時間より少しばかり遅れている。克江は急ぎ足で歩いた。小学校の正門を過ぎた所で克江は、

「おばさん、今日わ」と声をかけられた。ふり向くと、あの子が独りで立っていた。

「あら、まだ帰らないの？」

「うん。さっき電話したら、ママ、夕食が遅くなるし、お客様が来てるから、もう少し遊んで帰りなさいって」

「そう。でも、なるべく早くお帰りよ」と言い残して、克江もさらに足を早めた。

母は、お帰りと言ったきり、黙っている。表情が何となく不満げだ。それは口元に露骨に出ている。帰りが少し遅れたからだろうか。内緒で墓地に行ったことで、克江はやや後ろめたい気持ちになっていた。

「さっき、小西先生が生徒さんと一緒にみえてね」

「ああ、今朝、そうおっしゃってた。母さんに言うの忘れて、ごめんなさい」

「こんなもの持って来られてね。イヤだよ。何も七十歳以上ばかりを招かなくてもいいじゃないか」

と言って母は招待状を示した。

「まあっ、手書きよ。折角、生徒さんが心をこめて書いてくれたんだから、行くべきだと思うな。それに、ほら、学校の文化祭の中の音楽会だということよ。年寄りばかりが聴くんじゃないわ。で、行くって返事したの？」

「考えときましょう、と言っといた」

　母はまだ現役だと思っているから、年寄り扱いされることを嫌い、他人からんおばあさんと呼ばれると返事をしない。このことを近所の人々は周知で、小西先生も例外ではない。

「それにね、いつか生徒さんに、あの日のことを話して欲しいと言いなさって……。いやだよ。苦痛だよね」

　そうね、と軽く答えながら、克江はそのことで母の躊躇う気持が痛いほど解っていた。隠すというのではない。あの日を繰り返してはいけないと思う。でもあの日を背負ったために他人には言えない苦労をし、それを言うと配慮されたり、特別視されたりする。そして結局は、自分のこととして解ってはもらえないのだ。小西先生の熱心さは分る。でも、このことでは母の気持を大切にしたいと思う。

　雨が降っている。昨夜来の雨だ。これで少しは秋らしくなるのだろうか。今朝は道行く人は傘で顔が隠れている。ふと見ると、赤いレインコートにすっぽりと身を包んだあの子が、黒い男物の傘をさして立っている。今日でもう何日目だろう。克江は目で頷くと、少しでも聞えない所に遠のいてやろうとして、椅子から立ちあがり、思わず、あらっと声を出しそうになった。あの子は確かにコインを入れずにダイヤルを回した。それなのに今、ママと話している。しかも、とても楽しそうに。これは一体、どうしたというのだろう。

電話は、今朝は短かった。あの子はいつものように礼をいうと、「おばさん、見て、見て。パパのカサ、大きすぎるんだ」と振ってみせた。不釣合いな傘をくるくる回しながら去って行くあの子を、克江はじっと見送った。

雨は一向に止みそうにない。こんな日は、お客も少ない。母は隣の部屋で、数日来の結婚祝い用のバッグの刺繍を、一針、一針、刺している。克江は手芸の雑誌を見ながら店番をしている。

「マイルド・セブン五つ」

目を上げると、昨日のサラリーマンだ。髭がのびたままで、すっかり疲れた顔をしている。克江が微笑むと、彼は「子どものいないあなたが、羨ましいですね。ま、なるようにしかなりませんよ」と無理に笑った。

電話が鳴った。直子からだった。木原が肝臓癌を併発しており、かなりの重態だという。克江の気持は分るけど、もうお仕舞かもしれないから、この土曜日にお見舞いに行かないかという誘いであった。克江は考えておくわと答えながら、行く気にはなれなかった。

後ろで畳が擦れるような音がした。母が倒れている。びっくりした克江は、どうしたのと叫んで、側に走り寄った。

「どうもしないよ。ちょっと気分が悪いだけ。横になってると、すぐ治るから」

克江が救急車を呼ぼうとすると、母は、それだけは止めてくれと言い、そんなに気になるのなら、近所の医者を呼んで欲しいと言った。医院は丁度昼の休憩に入ったばかりだったが、近所の誼で医者はすぐ来てくれた。今夏は残暑が特別厳しかったのと、細かい仕事を魂をつめてするから疲れたのでしょうと言った。この診断が出るまでのわずかな時間が、克江には狂いそうなほど長く感じられた。母さんが死んだらどうしよう。独りぼっちになったら、どうしよう。子どもの頃のあの恐怖感が戻ってきて、克江は寝ている母の手を握りしめていた。

ほんとによく降る雨だ。二日目の朝はさすがに糸のように細くなっている。それにしても、空のどこにあんな水があるのだろう。起きたがる母を克江は拝み倒して、用心のため床につかせている。医者は落着いたら念のため、精密検査を受けるようにと言った。克江はできるだけ早く連れて行こうと思う。そして自分も診てもらおう。母に倒れられて、克江は急に気弱になった自分を感じている。

あの子は、今朝も電話をかけに来ていた。克江は母のことに心を奪われていたので、いつかけ終ったかは覚えがない。今日もコインを入れずにダイヤルを回したのだろうか。

昼前に、時々タバコを買いに来てくれる小学校の先生が訪ねてきた。何ごとかと思うと、あの子のことだという。先生は紙袋からバッグを取り出して、何度も何度も頭を下げた。今朝、克江が目を離していたすきに、あの子が棚から持ち出したらしい。

「可哀想な子でね。いいマンションに住んどりますが、母親が夜の勤めで、あの子が帰る時間はお出かけ前の化粧タイム。あの子が学校に来る時間は、まだ寝てるそうで……。戸籍上も実際も、父親はいないんですよ……。許してやって下さいね」

初老の教師の言葉が、克江の胸を突く。そうだったのか……。教師が帰って行った後も克江は、あの子ウソつきなんかじゃない、ドロボウなんかじゃない、悲しき小さなピエロだったんだ、と胸の内で繰り返していた。

ひと眠りした母が「おやっ、もうお昼だよ」と言って寝返りを打った。暫く黙っていたが「やっぱり、あの日のこと話すの、引き受けようかね。体の丈夫なうちにしかできんことかもしれんよね」と、まるで自分に言い聞かせるように言った。そして急に思いだしたように、お昼のニュースを見たいという。静養中はテレビなんかつけたくないのにと思いながら、克江は言われた通りにスイッチを押して、ボリュームを下げた。

また、残留孤児のことだ。アナウンサーが、肉親と会えたのは四十五人中、僅か八人だと言っている。母は寝たままの姿勢で、食い入るように見ている。

ミッション・スクールのカリヨンが鳴っている。何という讃美歌なのだろうか。十三年も聴いていながら、克江はその曲名を知らなかった。じっと耳を澄ましていると、克江はふっと、木原を見舞ってやろうかと思った。

# 川のわかれ

堀江朋子

電車は小田急線和泉多摩川駅を過ぎて、多摩川にさしかかった。

薄闇の中、なだらかな稜線を描いた多摩丘陵のシルエットが、にわかに近くなった。マンションや一戸建ての住宅の灯が斜面を埋めている。黒々とした雑木の茂みは、そのあたりが、宅地開発に適していないことを示しているのだろう。

多摩川の風景を日常的に目にすることは、あとわずかな日数になった。

定年を機に、住み替えをする決心をし、売りに出した三鷹のマンションが思いのほか早く売れた。移り住むことになっている新宿のマンションの完成は、半年ほど先である。住む家のない半年の間、両親が亡くなった後、姉の勝子夫婦が暮らしている川崎市の柿生にある実家に、娘優子と二人で仮寓することになった。昨年の秋のことである。優子は十年間務めたレコード会社を退職し、音楽関係のフリーライターとして再出発する決意をした。千冬は、夫を介護ホームに入れて、重荷から少し解き放たれた。仕事と夫の介護に明け暮れた三鷹での数年間。近くにある玉川上水の桜花《はな》さえ、一度も愛でたことのない時の巡りだった。これからは自分の時間を生きたい。千冬も優子も新たな出発の為の住み替えであった。新宿にマンションを求めたのは、都心での取材の多い優子のためでもあったし、老境に向かう千冬自身のためでもあった。病院が近いこと、また、何処にでかけるのにも、足の便の良いに越したことはない。マンション購入費用は、三鷹のマンションを売って得た金と千冬の退職金を充て、残りを優子が負担した。十年の会社勤めのうちに蓄えたものか。家計費もどんぶり勘定の千冬に比べて、優子はしっかりものの姑に似て、金銭感覚がきっちりしている。

今日は、新宿のマンションの入居に伴う様々な用事で、出かけた帰りである。

半年の間に、週に三回はいろんな用事で多摩川を渡った。新宿に移れば、この川を渡ることは、年に数えるほどしかないだろう。

目に馴染んだ岸辺の風景の春秋の変化はもとより、川の流れや、色合いや、輝きは、一日として同じではなかった。穏やかな日常の明るさに包まれて、ゆったりと流れている時もあれば、激しい雨に濁流が渦巻く時もあった。しかし、限りある人の生と違って、川は永劫に近い時を流れて行く。時に氾濫し、人々の生活を脅かす。

多摩川も、蛇行する小田急線和泉多摩川のあたりで、土手が決壊し、岸辺の家を押し流したことがあった。濁流に揉まれて流れて行く家屋の映像は、人間の営為のはかなさを映しだしていた。今はそのあたりに、巨大なマンションが建っている。

山梨県大菩薩嶺を水源とする多摩川は、関東山地の南の方を流れ、東京都と神奈川県の境で東京湾に注ぐ。小田急線では、和泉多摩川駅で東京を離れ、鉄橋を渡り登戸駅に着くと、そこは神奈川県川崎市となる。ここでも、多摩川が東京と神奈川を分かつ。そして、ここは千冬の心の分岐点でもあった。

姉の勝子夫婦の間に流れる冷ややかな空気が、千冬の心に浸食しはじめた頃から、多摩川を渡ると、その現実に引き戻されて心が沈んだ。ぼんやりと川を見過ごす時もあれば、川の流れや岸辺の風景が、くっきりと意識や視野に入ってくる時もあった。

しかし、川はいつも、今、自分が日常に持つ時空を意識に蘇らせた。東京で過ごした様々な時間。友人たちとの語らいの中で持った連帯や共感。絵画や音楽を鑑賞した後のひそやかな興奮、生活にかかわる雑事を終えた後の安堵。それらのものが心の底に沈潜して行く。

義兄玲二には、女がいた。長い間のことだ。勝子は知っていながら、玲二の行動を問いただすことはしなかった。あきらめているのだと、千冬には思えた。だが、玲二が家に居る時は、寛いだ表情を見せなかった。鬱屈から逃れるように、日々家を空けた。玲二は、勝子の気持ちに気付いていながら、女と別れる気配は見せなかった。

決着の糸口をみつけることさえ拒みながら、秋から冬を迎えようとしている夫婦のありようが、千冬を深い嘆息に沈みこませた。自分はあの家を去るが、玲二と勝子はあのままの状態で、どちらかが死を迎えるまで暮らしていくのだろうか。何よりも、時々心の安定を失う勝子のことが心配だった。

急行停車駅の新百合丘で電車を降り、鈍行に乗り換えた。柿生までは一駅である。右側の車窓に桜並木が続く。

「ここの桜が咲くのを見られるかしら」、千冬が訊ねると、「三月末に引っ越すのだったら、開花は見られるかもしれないわね」、「お母さんはね、ここの桜を見るのを楽しみにしていたわ。でも、お母さんの生きていた時は、まだほんの若木で、貧弱な花しかつけなかった」、勝子は続けた。

昨年の秋、紅葉した桜並木を目にしながら交した会話だった。三月下旬の今、早々と満開に近い。

お母さん、今は見事な花を咲かせているわ。闇を照らす一瞬の光の中、桜は妖として美しい。昼間の華やかさと違って、憂いの表情がある。生命のもつ寂しさといったものだろうか。

お姉さんたち、あの頃と何も変わっていないわ。お母さんつらかったでしょうね。夜桜の持つ憂愁の翳りに、母の心を思った。生前の母吉乃に何度となく聞かされていた勝子夫婦の不和。その頃、義兄の玲二は、殆ど家に寄り付かなかった。たまに帰れば、言葉を切り結んでの夫婦の激しい傷つけあい。そんな日々の中、一人息子の康太が死んだ。若い日の癌は進行が早かった。

玲二さんに勝子の事を頼むよってお願いしたの、吉乃は言った。そんな事、頼むことはない、康太ももういないんだし、勝子姉さん、別れてやり直せばいいのよ。若いわりきり方で、千冬は言葉を返した。今は、吉乃の心がわかる。いや、吉乃は、わたしなどよりずっと切なかったに違いない。女をつくった夫と別れる決心のつかない娘の心情を思いやって、玲二に頭をさげたのだ。

柿生の駅を降り、曲がりくねった昔ながらの商店街を通り抜けると、両側に歩道のある広い坂道に出る。ここだけは、宅地開発の為に整備されたのだろう。銀杏などの街路樹が整然と植えられている。坂道を上った。結構勾配がある。この坂道は、晩年の吉乃にはきつかったろう。やがて、道が平坦になり、小さなアパートを通りすぎると、駐車場の向こうに、実家の西に面した窓が見える。カーテン越しに薄い灯りが漏れていた。時計を見ると十時近くだ。玲二が帰っているに違いない。今日はみな用事があった。姉の勝子は、数日前に社交ダンスの発表会が終わり、その慰労会で、仲間たちと東京のホテルで会食している。優子はライブの取材だった。千冬は、小田急沿線に住む高校の同期たちと、お別れ会と称して成城学園の蕎麦屋で飲んだ。定年を迎えてから、学校の同期と集まる機会がめっきり増えた。何かにかこつけては集まる。みな、定年後の自分の生き方を探しているようだった。

　玲二が外食したのは、今日はみな遅いから外で食事をしてきてくれと、勝子に言われたのだろう。勝子がいない時は、いつも駅前の食堂で食事を済ませていた。

　玄関のホールから、リビングのドアを開けた。玲二がソファに座ってテレビを見ていた。

　風呂あがりの白いガウンを纏っている。

「ただいま。お姉さんはまだ？」

「まだに決まっているじゃないか」、玲二は、テレビから目をはなさずに答えた。

　勝子は、適当な時間に切り上げて帰って来ることはしない。とことんつきあってしまう。そんな性癖も気に入らないのだろう。上杉家の血筋だよ、玲二が言ったことがある。言われてみればそうかもしれない。酒飲みの父もそうだった。千冬も、二次会、三次会と付き合う方だ。酒が入ると適当に帰ることができない。玲二は、人と付き合うのは好きだが、必ず一次会で切り上げる。酒は飲むが酔ったのを見たことはない。人との会話を楽しむといった風でもなかった。山登りや庭いじりが好きな玲二は、ひょっとして人嫌いかと思ったが、世話好きであり、会や旅行の幹事を進んで引き受け手際良くこなした。しかし、それも自分の居心地の良い場所に限られる。

自分に馴染まない、また自分より実力のありそうな同年輩とは決して付き合うことはなかった。それに、知らない相手には、挨拶もしなかった。いや、できなかった。会社という組織の中で、どう生きてきたのだろうと思うことがあった。いつだったか、会がはねて同方向に帰る友人数人で、小田急線に乗ったことがあった。車内で偶然に玲二と会った。友人を紹介しようとする千冬を押しとどめて、そそくさと車輌を移った。

「村社会の主よ」、勝子は言ったことがある。「気に入ったら、隣の犬もかわいがるわ。それに、可愛がられたら、玲二をとても慕うの」とも言った。自分の囲いの中に入って来るものには優しく面倒見もよいのだ。それなら、なぜ、婿養子に入ったわけでもない妻の実家に住んでいるのだろう、親分の意地があるだろうに、と不思議におもった。吉乃や勝子の気持ちの上に胡坐をかいているとしか思えなかった。だが、もともと、囲いの外の思惑など視野にないのだ。

夫の病気と仕事で、悪戦苦闘している時、玲二は、自分の囲いの中へ千冬を招き入れようとしたことがある。千冬は、その手を厳しく払いのけた。以来玲二は、実家に帰っても、ここは俺の家だ、お前は外の人間だという態度をとった。確かに、嫁にゆけば、外の人間だ。だが、その点では、勝子も同じ立場だ。

従順でおとなしい女性が好きだという玲二は、派手で外出好きな勝子とは、しょせん合わなかった。玲二の女性関係を黙認する勝子。自分の仲間うちに勝子を引き入れて、ゴルフや海外旅行にでかける玲二。二人の間に、まだ宥される余地が残っているのだろうか。しかし、二人だけでは、決して何処にもでかけなかった。

つまらなそうな顔つきで、テレビを見ている玲二に、おやすみなさいといって、千冬は自分の部屋に引っ込んだ。雨戸を引きながら庭を見る。部屋の灯りだけの視野は曖昧だが、それでも、目の前のもみじの蕾がふっくらと大きくなっているのがわかる。その側で、樹木のように大きくなった紫陽花が小さな葉を広げている。白木蓮が暗闇の中、清楚な花を浮き立たせている。待ち侘びた春である。

その夜、勝子が何時に帰ったかは知らなかった。微かに門扉を閉める音を聞いたのは、淡いまどろみの中だった。

引越しを数日後に控えた午後、多摩川の岸辺を歩こうと思い立った。その日は、午前中に新宿のホテルで、マンションの部屋の鍵の引き渡しと説明会があった。遅い昼食を済ませて小田急線登戸に着いたのは、三時を回っていた。

駅から小さな商店街を抜けて右に曲がり、南武線の踏切を渡るとつきあたりに多摩川の土手が見える。土手に上り、川を見下ろした。快晴だったが、川風は冷たく川岸の草萌えもまだである。流れの量は少ないが川床は見えず、灰色がかった青い流れがゆったりと過ぎて行く。川に竿をさしかけている人がいる。昔はこのあたりで、鮎やうぐいがとれたというが、この都会を流れる川に、今、どんな魚が棲んでいるのだろう。

川岸に下りた。露天風の粗末な茶屋が二、三軒。河川敷で行事がある時は、人で賑わうのだろう。今日は、一軒だけが営業中ののぼりを立てている。その中で、数人の男がビールを飲んでいた。しばらく川岸を歩く。老人が犬の散歩をしている。若い元気な犬に手綱を引かれているような老人の、けわしい、孤独の翳を宿した相貌が気にかかった。この頃は、自分より年配と思われる人に、しきりと目が行く。孤独も老いも死も、やがて我が身に訪れる。

しばらく川岸を歩き、大学のグランドになっている河川敷の横の細い道から土手にあがった。対岸の土手の向こうには、小さなビルやマンションが林立している。人間の営みが造りだす空間は美しいとはいえなかった。歩いている時には気付かなかった掘立小屋が二軒。対岸の河川敷にも一軒。青いビニールシートの覆いが、風にひらめいている。ホームレスの人たちの棲家である。土手を歩き、多摩川水道橋を歩いて東京側に渡った。東京側から登戸の方を見ると、多摩丘陵が望める。斜面には家が連なっているが、丘陵のまろやかな稜線に心が和む。そこここに残る樹木は、芽吹きの時を目の前にして、微細な色合いの違いを競いあいながら靄っている。川岸の草も、もうすぐ勢いをますだろう。

橋を登戸の方に戻り、土手を下りた。土手沿いの多摩川道路を、大きなトラックが地響きをあげて通り過ぎて行く。駅へ戻る道の両側に旅館の看板のあるのが目に入った。ふと、林芙美子の短編小説「多摩川」を思い出した。一時は許婚のような間柄になった女が、突然金持ちの息子と結婚してしまう。その女が、大阪から上京してきて、二人は多摩川に出かける。女の亭主は、半年ほど前に亡くなり、女はよりをもどしたいらしい。男は、女に未練がありながら思いとどまる。多摩川の旅館で時間を過ごしながら、何事もなく新宿へ帰る、といった筋だった。電車は小田急で、多摩川もこのあたりのことだろう。昭和十五年頃の作品だった。

昔は、このあたりには、川魚料理を食べさせる料理屋や旅館が多くあったというから、名残りの旅館なのだろう。しかし、林立するビルや、スピードを上げて走り去る車に、昔の情緒を偲ぶよすがもない。この岸辺を歩くことも、もうないだろう。

登戸駅に戻り小田急に乗った。柿生の駅に着くと、日はとっぷりと暮れていた。

引越しの当日は日曜日。早朝、勝子はスペインに発った。高校時代の友人たちとの観光旅行である。二週間ほどの日程だった。出かける時の物音に目覚めたが、起きていかなかった。別れの挨拶は前日に済ませてある。

勝子は、千冬たちの引越に合わせて、旅行の日程を組んだのである。いつも何かをしていないと心が空洞になる勝子の荒涼に心を痛めたこともあったが、生命に今を惜しんでのことなら、それもいいではないかと思うようになっていた。冷蔵庫のドアに貼られている夫婦の月々の日程表は、右側が勝子、左側が義兄玲二のものだった。次々と埋められていく勝子の日程表に比べ、玲二の方は空白が目立つ。だが、地方で学会があるときは、必ず四泊か五泊になっている。長い日程は、出張ついでの観光旅行かと思ったが、女を呼び寄せての旅であることが、同居して半月ほどで分かった。

　精密機器メーカーに勤めていた玲二は、定年には未だ間がある時期に、関連の学会の事務局に出向となった。いわば閑職だ。出世コースからは完全に外れた。玲二の気質から考えれば、当然と思われた。だが、玲二は全く意に介さなかった。出向が幸いしてか、六十歳の定年で引退した同期が多いなかで、六十五歳を過ぎた今も勤めに出ている。後進に席を譲ればいいのに、居座っているのよ、勝子は言った。家に居るようになれば、女とも自由に会えなくなる。気の合わない女房との毎日は、気づまりなものだろう。勝子にしても、亭主が居るようになれば、今までのように出歩けない。いろいろあったが老後は肩を寄せ合って、という気持ちは二人には、特に玲二には、微塵もないようだ。

　遅い朝食を玲二と二人でとった。優子はまだ起きてこない。ずっと以前に、玲二と人の生き方や、物事に対する考え方を話し合ったことを思い出す。会話はかみ合わなかった。人が生きる意味。金銭や世事や享楽の為にだけ生きるのではない、という千冬の言葉に、他に何があるんだ、と冷たく言い放った。

「貧困や戦争の為に犠牲になっていく子供たちの事を考えずにはいられないわ。それに、暴力で人が人を支配する社会のこともね」という千冬の言葉を、「お前に何ができるんだ」、と一蹴した。「何もできないかもしれない。でも、かんがえることに意味があるわ」、と千冬は言葉を返した。青っぽさが千冬の身上だ。遊ぶことしか興味のない玲二を理解できなかった。千冬の夫は、千冬と同じ方向を向いていた。それだけでも、一緒に暮らす意味があった。だが、その夫を捨てたと千冬が思っている。

介護ホームにいれたことである。やはり自分は無力だ。心の痛みなどなにほどの意味もない。

玲二に、女のことを問いただした時も、夫婦の間の問題だとにべもなかった。

「わたしたち夫婦の間では、何もかんがえちゃいけないの。考えたらおかしくなる」、むかし、勝子が言ったことがある。

母吉乃のように、勝子を頼むとは言えなかった。とりとめのない世間話で時間は過ぎた。食事の後、荷物のとりまとめにかかった。玲二は、庭の手入れをしている。引越し荷物は、衣類や本、それにこまごまとした身の周りのものだけである。家具類は、トランクルームに預けてあった。

庭から玲二の呼ぶ声が聞こえた。

「これ、もってけ」と鉢に植え替えたチューリップを差し出した。蕾が朱く染まり、今にも花弁をひろげそうである。

「ありがとう。マンションのベランダに置くわ」、「水やりを忘れるなよ」、それだけ言うと、西洋スミレやパンジーが植わっている花壇の手入れに余念がない。両手は土まみれだ。

優子が二階から降りて来て、昼食を兼ねた食事をとっている。

「最後の挨拶くらい、きちんとなさい」、千冬は少し語気を強めていった。

「わかってる」、短く答えた。

優子は、同居中に勝子夫婦の仲を知った。千冬が趣味で続けている朗読会の懇親会で遅くなった晩、二人は激しい口論をした。二階の自分の部屋にいた優子は、心配して階下におりていった。リビングのソファに玲二が座り、食卓の椅子に腰かけている勝子を、口ぎたなくののしっていた。

その晩、玲二の大学仲間の集まりが新橋であった。みな夫婦連れだった。玲二と勝子は、意外に早く帰ってきた。

「お前は酒に意地汚いんだ。あんなに酔っぱらって、ひっくり返って店の食器を壊すなんて」、「だからって、皆の前で、あんなに怒ることないでしょう。それに、上杉のうちは酒にだらしないって、父の事まで悪くいうことないわよ」、「それに、女のこと、仲間はみんな知っているのね。私だってずうっとわかっていたんだから」、「お前に関係ない」、「関係ないことはないでしょう夫婦なんだから。都合のわるいことがあると、すぐ関係ないだから、そんな言葉で誰が納得するの」、勝子は言いかえした。「おれは、お前に離婚してくれといったことがあったよな」、玲二の言葉に、勝子は黙った。「子供のいない老夫婦なんて、自由に生きればいいんだ、お前も男でもなんでもつくればいいじゃないか」、重ねるように轟然と言い放った。勝子は派手に遊びまわるが、男の気配はなかった。

食器の破片でけがをしたのか、手に包帯を巻いている。優子が、ドアの外で二人の喧嘩の仲裁に入ろうかどうか、うろうろしているうちに、勝子が出てきて、すごい勢いで二階の寝室に上がっていった。目は赤く腫れ上がっていた。

優子は、おおらかで優しい気質の勝子が好きだった。勝子も、康太が死んでから優子を可愛がった。身の周りのものを惜しげもなく与えた。仕事と夫の介護で身動きのとれない千冬に替って、二人でヨーロッパ旅行に出かけたこともあった。「おばちゃんは、ひまわりのように明るいよね」、優子は言ったことがある。その伯母が、深い哀しみを背負っていた。その出来事以来、優子は、玲二に対して心を閉ざしてしまった。

今日、優子は一足先に出発することになっている。明日入居するマンションの部屋に、オプションで頼んでいた棚の工事が入るので鍵を開けなければならない。夜に合流して、二人で新宿のホテルに泊まることになっていた。

身支度を整えた優子は、庭の玲二に向かって、「長いことお世話になりました」、といって頭をさげた。

「おう」、玲二は驚いた様子で頷いた。

「元気でな」、

「はい、おじさんも」、優子は素直に答えた。

千冬は、夕方になる運送屋を待たなければならなかった。玲二と二人だけの時間は気づまりだった。優子が暮らした二階の部屋の掃除を終えて、一階の自分の部屋の掃除を始めた。運送屋から電話があった。道が混んでいて二時間ほど遅れるという。

押入れの観音開きの戸を開けた。仏壇が二つ並んでいる。右側の仏壇には、実家の父や母の位牌と遺影が並んでいる。左側の仏壇には、玲二の両親と甥康太の写真が置かれている。玲二と勝子は、長男、長女だった。二つの家の仏壇を、一つの家に置くのは良くない、という言い伝えがあったが、二人にとってどうでもいいことだった。その点は千冬も同じだ。今を存分に生きることにしか興味がない。それでいい。

玲二は、名前が示すように本当は次男だった。長男は三歳で亡くなった。その直後に、生まれた玲二を両親は溺愛した。下に四人の弟妹がいるが、扱いが全く違った。玄関から入れるのは父親と玲二。弟妹は台所口から入った。食事も、父親と玲二と母親や弟妹とは、食べる食卓が違う。小遣いも全く違った。「玲二兄さんは、俺らの十倍ぐらい小遣い貰っていたもんな」。弟妹たちが話していたのを耳にしたことがある。鹿児島出身の玲二の両親からしてみれば、当然のことなのかもしれないが、千冬には全く理解ができなかった。一家が東京に来てからは、家風が変わったというが、そんな育ち方が、玲二の気質に影響していると思われた。少し間延びした顔つきの玲二の父親の遺影を見ていると、峻厳な感じは何処にもないのだが。

康太の遺影は、見るたびに胸をつかれる。色の白い、目の涼やかな美しい男の子だった。無口なおとなしい子だった。両親の不和にじっと耐えているようなところがあった。優子とは兄妹のように育った。大学を卒業してこれからという時の死だった。あなたは美しすぎたから、美の女神に召されてしまったのね、遺影をみながら、千冬はつぶやいた。

萩、小菊、山茶花、椿、水仙、梅、木蓮、薔薇、雪柳。日々、庭に咲く花を供えて、死者たちと向かい合った。形だけのことだが、それでも心が落ち着いた。それも今日でおわりである。玄関を出て、庭を見渡した。パンジーやビオラは仏花にならないし、沈丁花は匂いがきつい。庭の片隅に八重の白椿が咲いていた。半開きの白い花弁は清楚だが、どことなくかたくなさがあった。この椿どうしても全部開かないのよ、勝子が言ったことがある。椿の花はぽとりと落ちるから不吉な花だという言い伝えがあるが、千冬は椿が好きだ。冬から春にかけて、何処にでも咲いている逞しい花。庶民的でありながら高雅である。

椿を花瓶に活け、仏壇に置いた。「お父さん、お母さん、勝子姉さんを守ってください」、心に思って手を合わせた。

半年だけ暮らした部屋だが、別れとなると様々なことが思い出された。障子を開けて、庭を眺めるのが好きだった。

秋から冬にかけての、騒がしくない庭の自恃に満ちた静謐に、心惹かれた。常緑の木々の葉色は暗く、沈黙に沈み込む。葉を落とした紅葉や花海棠や満天星つつじの枝は、つんつんとわが手を伸ばして存在を主張している。冬の生の孤独と強さが身に沁みる。マンションで暮らせば、自然のうつろいを楽しむことはできない。

千冬はここで育ったわけではないが、父と母が晩年を送った家である。やはり、愛着があった。自分もその頃の両親の年齢に近づいている。

部屋を念入りに掃除していると、玲二が玄関ホールから声をかけた。

「丁寧にやらなくてもいいよ、あいつが帰ってからやればいいんだ」

「ええ、でも、運送屋さんも遅れるみたいだし、時間があるから」、千冬は答えた。

しばらくして、玲二が顔を出して言った。

「めしでも食いにいくか」。

時計を見ると六時前だ。運送屋の到着には、まだ時間がある。

駅前のラーメン屋のカウンターに並んだ。生ビールと餃子、それにラーメンを注文する。いつもは饒舌な玲二にしては、言葉が少ない。千冬も話題を探すのに苦労した。ジョッキを二杯あけ、坂道を上がって家に戻った。運送屋の荷物の運びだしは、慣れた手順で、三十分もかからなかった。

仏壇の位牌に手を合わせ、部屋の戸を閉めてリビングの戸を開けた。玲二はゴルフコンペのスケジュール表を見ながら、紙に何か書いている。

「組み合わせ?」、

「そう」、目をあげずに玲二は答えた。

「わたしはこれで。お世話様でした。落ち着いたら二人で遊びに来てください」、

「あいつが帰ってきたら電話させるよ」、少し顔をあげて言った。会話はそれきりだった。

坂の途中で振り向いた。西向きの窓のカーテン越しに灯が漏れている。玲二の孤独な貌が目に浮かぶ。

玲二が、離婚を切り出した時、勝子が応じなかったのを思いだしていた。

「向こうからきりだしたんでしょう。わかれればいいのに」、その時、千冬は言った。

「康太が生きていたら、別れたでしょうね。でも、一人は淋しいの。心がここに無くても、一緒に暮らしていたい。むこうの女にはわたしたくない」、勝子は答えた。その時、千冬は、「そんなのマイナスのエネルギーでしかないわ」、と反論した。

「それでもいいの、あなただってわたしの立場だったらそうするかもしれないわ。あなたみたいに、精神的に優位な立場にいるのとはちがうの。そんなにわりきれない」、
汎々と言った。勝子は玲二に未練があるのだ。玲二も勝子を置いて、家を出て行くことはしなかった。一人息子を亡くした妻を捨てるほど、非情になれなかったのだろう。

二人とも、選んだ道を生きるしかなかった。

千冬は自分のことを思った。夫を自分の手で介護することは不可能なことではなかった。だがそれをしなかった。自分の身体の負担や心の修羅を思うと、介護は人の手にゆだねた方がいいと思った。離れていれば、優しくもなれる。夫がどう思ったかはわからなかった。家にいたいとは言わなかった。言えなかったのかもしれない。「あなたは、優位な場所にいるのよ」、という勝子の言葉を思い出していた。

もうこの家に来ることは、数えるほどしかないだろう、カーテン越しの薄明りを、千冬は飽かずに眺めていた。組合わせが悪かったのだ、あの夫婦は。

ふと、たまにはあの男の囲いの中に入ってもいいと思った。

柿生駅で小田急線に乗った。桜を見逃すまいと車窓に目を凝らす。おぼつかない光の中、車窓に続く並木の桜の花は散り初めていた。桜花《はな》に心を騒がせた季節も終わりである。これから、勝子にも、千冬にも、どのような時が流れるのだろう。

多摩川を渡った。車窓の光を映した川面のどのあたりが、神奈川と東京の境界線なのか。数日前の昼間、多摩川水道橋の橋の欄干に掲示されていた神奈川県と東京都の境界線を示す標識を思い出していた。電車は瞬く間に鉄橋の上を走り抜けた。

玲二は勝子の留守中に女に会うのだと思った。

# 燕王の都

森下征二

（一）

つんざくような悲鳴があがる。乾化《けんか》元年（西暦九百十一年）の八月十三日、燕《えん》の都の幽州《ゆうしゅう》城の廟議《びょうぎ》で、節度判官孫鶴《せつどはんがんそんかく》の冎刑《かけい》が執行されていた。冎刑とは肉を削いで殺す凄惨な刑罰である。大広間の静寂を破り、一際高く悲鳴が上がる。また、肉を削がれたのだろうか？　それでも孫鶴は怯まない。声を振り絞って、燕王劉守光《りゅうしゅこう》を罵り続ける。親兄弟を食い殺した不孝者め！　貴様なんかが皇帝になって良いものか。汝、帝位に即《つ》かば、天罰、たちどころに下らん。見よ！　百日出でずして、大軍、幽州《ゆうしゅう》へ至るべし……。

再び、三度悲鳴が上がる。思わず目を背けた馮道《ふうどう》は、額に大粒の汗を浮かべて前を見つめた。未だ録事参軍《ろくじさんぐん》と言う軽輩だが廟議《びょうぎ》に列席する資格は辛うじてあった。同僚の韓延徽《かんえんき》が隣席で、やはり黙りこくっている。おそらく、この凄惨な出来事に耐えられないのではないか。悲鳴が続く……。苦しげな呻き声が大広間の壁を打つ。あれからまだ半刻《はんとき》しか過ぎていないのに……と、馮道は事件の経緯を振り返った。

廟議が開かれると直ぐ、宰相の王瞳《おうどう》が国体を変える案件を廷臣に諮った。燕王の位を一段と進め、皇帝へ推戴したい……と言うのである。燕王の意志であることは、剣を擬す王の姿が露骨に物語っていた。何事もなく承認されるべき所、孫鶴がただ一人反対した。彼は怯まず立ち上がり理由を説く。北辺の小国の主が称帝すれば、隣接する大国が黙っていないだろう。梁《りょう》や晋《しん》の軍勢が押し寄せ、我が国は存亡の危機を迎える。称帝は時期尚早ではないか……。思いがけない造反に燕王は怒った。孫鶴に冎刑を宣告すると、直ぐにその場で執行に掛かった。廟議の席が一転し血腥い処刑場に変わったのである。

孫鶴の悲鳴とうめき声が広間の壁を震わす。また、肉を削られたのではないか？　処刑人は罪人を苦しめるため、生かしたまま時間をかけて、その肉をできるだけ薄く削らなければならない。幸いにも、彼らの技能は燕王を満足させる水準にあった。孫鶴の苦悶を肴に燕王が機嫌よく杯を重ねる。酒は勿論、晋陽《しんよう》の麹で仕込んだ葡萄酒である。彼は赤く濡れた口の周りを無造作にふき、落ち着き払った声で尋ねた。

「膾《なます》はまだか？」

「はっ、ただ今……」

てきぱきした声が直ぐに応じた。燕王の傍へにじり寄った処刑人が、肉片を載せた白い皿を恭しく差し出す。

「良し、何切れ取れたか？」

「およそ、百切ればかりか……と」

「少ないぞ！　良いか、もっと薄く切れ。罪人を甘やかしてはならぬ！」

燕王の端正な顔が不満げに歪んだ。震え上がった男が慌てて声を振り絞る。

「陛下、お許し下さい！　されど、罪人はまだ生きております……」

燕王の口許が軽く綻ぶ。

「そうだったの。それで良しとするか。皆が食い終わるまで必ず生かしておけ！」

「ははっ！」

たっぷり汗をかいた男に、燕王が容赦なく畳み掛ける。

「肉が皆に行き渡って良かったのう。下手をすればお前の首が飛んだ所だ」

「はっ」

床にひれ伏した男に、燕王が抑揚のない声で指図する。

「さあ、早く配れ。さぞ皆も待ちかねておろう」

「はい！」

跳び上がるように立ち上がった男は、部下に指図して急いで皿を配る。末席の馮道と韓延徽にも、恙なく皿が届く。それを見届けた燕王が初めて大声で叫んだ。

「孫鶴は儂《わし》の称帝に異議を唱えた大罪人だ。諸君！　諸君も良く覚えておけ。儂は誰であれ、出過ぎる者は許さない！　わかったな？　わかったら、さあ……賢者の肉だ、さぞ美味かろう。存分に味わってみてくれ！」

燕王が皿の上の肉片を無造作に掴んだ。思わず目をそらした馮道が自分の前の皿を見る。白い皿に、血だらけの肉が載っていた。良く見ると肉が……動く、蠢いている！　これを……、俺に食えと言うのか？　冷たい汗が全身に流れ、頭の血管が音を立てて激しく脈打つ。これは、俺が尊敬する孫鶴の肉ではないか！　食えない。どうしても食えない！　動悸が乱れ、耳が鳴る。下を向くと床が……動いた。床が大きく波打ち、天井が渦巻く。周囲の色彩が次第に消え失せ、馮道は闇の中へ落ちて行った。

（二）

廃墟を改造した酒場の中は穴倉のような臭いがする。主は若い契丹人《きったんじん》の女で、韓延徽とは特に曰くがある娘である。灯りが少なく騒々しいのが、今の馮道には却って有難かった。客は得体の知れない輩が多い。弁髪の男たちが床に唾を吐き散らし、聞き慣れない言葉で怒鳴り合っている。だからだろうか？　酒場の女も荒かった。剥き出しの短刀をこれ見よがしに腰に差し、酒や料理を無造作に卓上へ放り投げると、逞しい腰を振りながら去って行く。

馮道が韓延徽にここへ担ぎ込まれて、どの位経っただろうか？　二人は奥の円卓を占領すると、強い酒を荒々しく求めた。喉が焼けるような馬乳酒を一気に飲み干す。彼らはひたすら酒を飲んだ。しかし、幾ら飲んでも孫鶴の肉がちらつき、絶叫が聞こえる。考えてみれば、当然かもしれない。孫鶴は韓延徽の同郷の先輩であり、馮道の上司の一人でもあったからである。その孫鶴が目の前で処刑されるのを見殺しにしたばかりか、むりやりその肉を食わされてしまった。彼らが受けた衝撃は生易しいものとは言えなかった。

　何時ものように焼肉の塊が運ばれて来た。それを見て思わずもどしそうになった馮道は、慌てて杯を飲み干した。俺は本当に孫鶴の肉を食ったのだろうか？　気を失ったことは覚えている。しかし、その後の記憶があやふやだった。韓延徽に抱き起されて気がついたのは確かだ。長いようでもあり、短かったような気もする。あの時、確かに彼が叫んでいた。申し訳ございません。お騒がせいたしました。されど、馮参軍《ふうさんぐん》の口には血が付いております。陛下のご指図に従い、孫鶴の肉を食したことは間違いありません……と。

　あの時……、俺は食いしばった口をこじ開けられ、何かを押し込まれたことは覚えている。滑った感覚が甦る所を見ると、俺はやはり孫鶴の肉を食ったのかもしれない。それにしても……と、馮道は思う。こんなことになったのは孫鶴のせいだ。彼は何故、燕王に逆らおうとしたのか？　疑問をそのまま口に出す。

「判官《はんがん》は、何故陛下を諫めたのだろうか？」

「知れたことよ。おこがましくも、小国の主が皇帝を名乗ろうとしたのだ。国政に与《あずか》る高官が、主君を諫めるのは当然だろうて」

　韓延徽が一気に答えた。酒が効き始めたのか淀みなく口が動く。

「考えても見ろ。我が国は河北の一部を支配する小国だ。しかも、大国である梁《りょう》と晋《しん》の間に埋もれた国ではないか。その小国の主がおこがましくも皇帝を名乗れば、必ず両国の怒りを招く。それだけではない。燕王が称帝すれば、隣国易定《えきてい》を討伐して領土を広げ、何とかして大国の仲間入りを果たそうとするだろう。そうすれば、易定の宗主国である晋が干渉し、我が国に攻め寄せることは目に見えている。燕が晋に勝てる見込みはない。国が滅び、民が苦しむのは明らかだ。判官が諫められたのは当然ではないか」

「うむ……」

「しかもまずいことに、我が国は契丹人の侵入や内乱ですっかり疲弊している。今は徒に、外に事を構える時ではないのだ。内政を引き締め、経済を立て直さなければならない。こんな時に称帝するなど、以ての外なのだ」

「その通りだ。しかし、陛下は最初から処刑用の俎板を用意されていた。諫める者は斬る……と、はっきり示しておられたのだ。まともに諫めれば、命を失うことはわかりきったことではないか。確かに、判官が死を覚悟して諫められたのは立派だ。しかし、結果は何一つ変わらず、陛下は何事もなかったように皇帝を称された。折角の諫死も犬死ではなかったか？」

「いや、犬死ではない。政《まつりごと》に与る者は、その身を捨てて君主を諫めなければならない。判官はそれを、見事にやってのけられたのだ」

「そうだとしても、何故判官が諫めなければならないのか？　彼は元々燕王の外様だ。王瞳《おうどう》を始め、譜代の廷臣が幾らでもいるのに……」

おそらく……と、韓延徽は考え込みながら慎重に言った。

「譜代の中には、諫めようとする者が一人もいなかったのではないか？　佞人が蔓延る中、高官としての矜持を、判官は身を以て示してくれた。後輩として、俺は誇りに思う」

「果たして、そんな綺麗ごとだろうか？　もしもそうなら、そんなことで死んではならなかった。俺は腹が立つ。判官の死が、腹立たしくて仕方がない。外にも諫めようがあったはずではないか。俺はどうも、皿の上の肉を思うと……」

　感情を露骨に表す馮道に向かって、韓延徽が声を荒げた。

「止めろ！　俺だって腹の中は煮えくり返っているのだ」

「済まぬ！」

　馮道は短く謝った。傷ついたのは自分だけではなかった。気まずい沈黙が続く……。やりきれない気持ちを持てあましながら、二人は只ひたすら酒を飲んだ。それから、どの位経っただろうか？　いきなり、大きな音がして卓《テーブル》が揺れた。考え込んでいた馮道の顔に、冷たい飛沫がまともにかかる。卓上に酒杯が三つ、無造作に置かれていた。杯の中の酒が勢いよく踊り、所構わず飛び散っている。何時の間にか背の高い娘が卓の傍に立っていた。韓延徽が嬉しそうに声を挙げる。

「観音《グァンイン》！　やっと来てくれたか……」

　若い娘の澄みきった笑い声が心地よく響く。観音と呼ばれた契丹《きったん》人の娘は、韓延徽の馴染みで、酒場を仕切る女主人である。十代の後半に差し掛かった確りした娘で、抜けるほど白い顔に、赤みがかった髪をお下げに編んでいる。つんと上向いた高い鼻に、朱を含んだ唇が小さく、青っぽい瞳が魅力的である。

「ほほほ……、驚いた？　でもお願いね、そんなに落ち込まないでほしいわ！　何があったか知らないけど、全部忘れておしまいなさい。さあ、お飲みなさいよ、二人とも。陽気に飲んで下さいませ……な」

延徽の横に坐った観音《グァンイン》は科《しな》を作って酒を勧める。彼女の酌で一口飲んだ韓延徽は、急に元気になって言った。

「ああ、飲むともさ！　今日は夜っぴて飲むことにするか。お前と一緒なら、俺はとことん飲んで見せるぞ。なあ、可道《かどう》」

「その通りだ蔵明《ぞうめい》。俺も今日は酔い潰れるまで飲むつもりだ。強い酒をどんどん持ってきてくれ！」

「何よ！　急に元気になって……。でもね、その意気よ」

可道は馮道の、蔵明は韓延徽の字《あざな》である。当時、友人同士の間では字で呼び合うのが礼儀とされていた。観音の登場で、その場が一気に盛り上がる。馮道は今夜、徹底的に飲もうと思った。過ぎたことは忘れなければ、生きることはできない。力強く躍る観音の胸を横目で見た馮道は、次第に元気を取り戻してきた。

（三）

湿った風が甘い丁香《ライラック》の香りを運んでくる。明るい月が街を貫く一本道を、白く浮かび上がらせていた。この辺りまで来ると、土で造った粗末な建物が目立つ。亥の刻も半ば過ぎ、人通りはすっかり途絶えている。韓延徽と別れた馮道は、我が家へ向かってそぞろ歩いた。火照った頬に夜風が冷たく吹き抜ける。しかし、今夜は結局心の底から酔えなかった。酔いそうになると、皿の上の孫鶴の肉が浮かんでくる。それと同時に、滑った柔らかい感触が口の周りに甦る。あの時、延徽が俺の口に、孫鶴の肉を押し付けたことは間違いない。

それにしても……と、馮道は更に深く考え込んだ。食した記憶がないのは何故だろうか？　口に押し付けられたのは事実でも、俺は食しているのだろうか？　宮殿から酒場までの道すがら、馮道は何度も韓延徽に確かめた。彼は馮道を険しい目付きで睨みつけ、不機嫌に言い放った。食ったさ……。食わないで、命があるとでも思っているのか？　あの時、俺がお前の口に押し込まなければ、どうなっていたことか……と。

それはそうだ……と、馮道は思った。食わなければ反逆者だとみなされよう。燕王が俺を見逃すはずがなかった。やはり、俺は孫鶴の肉を食わされたのだ。否応なく、人の道から外されてしまった。激しい怒りがわき上がる。それをあざ笑うように、夜の静寂《しじま》に燕王の顔が浮かぶ。彼はその顔を見つめながら、この国の辿ってきた道を振り返った。

この国の礎を築いたのは、燕王の父、盧龍軍節度使《ろりゅうぐんせつどし》の劉仁恭《りゅうじんきょう》である。彼は狡猾な上に誠に残忍な君主で、非道が罷り通った唐末でも一際目立つ存在だった。彼は近隣の大国である梁《りょう》と晋《しん》の対立を巧みにつき、小さいながらも独立した政権を作り上げた。しかし、その最後は悲惨だった。大安山《だいあんざん》に築いた壮麗な館に美女を集め、淫楽に耽っていた所を息子の劉守光に急襲されて、牢獄に変身した大安山の館に夫婦ともども幽閉されてしまう。これを知った守光の兄、滄州《そうしゅう》節度使劉守文《りゅうしゅぶん》が急いで挙兵したが、情にもろい性格が災いし、手中の勝利をみすみす逃してしまう。乱戦のさなか、彼は折角組み伏せた弟の首をどうしても斬ることができない。ためらっている所を、逆に下から弟に刺し殺されてしまった。

それからと言うもの、劉守光は妙な自信を持つようになった。自分には天が味方していると嘯き、廷臣の諫言を極端に嫌った。側近をすべて佞人で固め、美女を駆り集めては淫虐に耽った。やがて側近の勧めを取り上げ、盧龍軍節度使から燕王に上り、そして終には皇帝を名乗ると言い出した。皇帝になり、隣国の易定《えきてい》を併呑して大国の仲間入りをすれば、梁や晋を滅ぼして中国を統一することも夢ではないと、唆されたのである。

妄想が広がるにつれ、虚構の都が出来上がる。燕王の都は背徳の坩堝に化した。彼はひたすら淫虐に走り始めた。兵士の顔に刺青を施し、囚人を鉄の籠へ入れて火で炙ったばかりか、とうとう、鉄の刷毛《はけ》で顔の皮を剥ぎ、苦しむ姿を見て楽しむようになった。彼は正しく、父劉仁恭の禽獣の血を受け継いでいた。

その名だたる暴君を、誰かが諫めなければならないのはわかる。しかし、譜代が大勢いる中で、何故孫鶴が諫めなければならなかったか？　考えてみれば孫鶴も不思議な男だった。背が高く痩せた姿は淋しく、好んで自分を孤高の中に置くように見えた。孤独の理由は、外様であることだけではないような気がする。彼には友人が少なく、人を寄せ付けない所があった。それだけではない。彼には得体の知れない体臭があり、周囲の人の中には死臭だと言いきる者も少なくなかった。彼らは顔を顰めながら、孫鶴は人の肉を食ったのではないか……と噂した。なるほど、確かにそれを思わせる事実があった。それは孫鶴がまだ劉守文の子の、劉延祚《りゅうえんそ》の節度判官だった頃の話である。

劉守文が弟に殺された後、孫鶴はその子の延祚を立てて滄州《そうしゅう》城《じょう》に立てこもった。同僚の呂兗《りょえん》と共に劉守文の志を継ぐためである。同じ節度判官の二人は役割を分担して戦に臨んだ。元々武官の呂兗が戦を指揮し、文官の孫鶴は中枢に入って延祚を補佐したのである。敵の万全の備えを知った劉守光は、大軍を率いて城を包囲し糧道を断つ作戦に出た。滄州城は劉守光の苛酷な攻撃を良く耐えたが、兵糧不足は致命的だった。五ヶ月もすると、餓えきった人々は草の根を漁り、壁土を崩して中の藁までほじくるようになる。

半年後、力尽きた劉延祚が降伏すると、城内のいかがわしい出来事が次第に明るみに出されるようになった。中でも、武官の呂兗が行った宰殺務《さいさつむ》は身の毛のよだつ代物だった。宰殺務とは何か？　大勢の衰弱した男女を一個所に集めて飼育し、釜で煮て軍士の糧食に当てる作戦である。彼はこれを業務と看做し、坦々と実行に移したと言う。さすがの劉守光も眉を顰め、呂兗とその一族を極刑に処したのは当然かもしれない。

呂兗の責任を厳しく糺した劉守光は、孫鶴には一転して寛大だった。彼の命を助けたばかりか、そのまま節度判官として用いたのである。孫鶴が宰殺務に関係しなかったことと、劉延祚を支えた手腕を高く評価したのだろう。しかし、滄州の人々は陰で噂することを止めなかった。彼等は劉守光に寝返った孫鶴を、怨嗟の眼差しで見つめて呟いた。孫鶴も人肉を食らったはずだ。彼と彼の一族が生き伸びているのが何よりの証拠だ……と。

月の明かりに導かれ、大通りから外れて小路に入り土橋を渡る。我が家を目にした馮道が、思わず立ち止まって身構えた。誰もいないはずの家に灯かりがともっている……。彼は周囲を用心深く見回した後、素早く軒下へ身を移し、窓から中へ潜り込んだ。灯かりは居間から洩れていた。馮道はじっと目を凝らして中を窺う。

小さな卓《テーブル》に娘が一人行儀良く坐っている。勿論、その顔に覚えがあった。酔いが急速に覚めて行く。馮道は大声で叫んだ。

「秋娘《しゅうじょう》！」

娘が振り向いた。固く強ばった白い顔が見る見るうちに色づいて来た。

（四）

秋娘は孫鶴の姪で、景州弓高《きゅうこう》県の県令を務めた孫師礼《そんしれい》の娘である。父母を早く失い、幼い時から孫鶴に養われていた。馮道が孫鶴の家へ頻繁に出入りしたのは、彼女に会える楽しみがあったからかもしれない。秋娘はかなり緊張していたようだが、馮道の顔を見てほっとしたのだろう。立ち上がって挨拶を済ませると、息を弾ませて問いかけてきた。

「可道さま、伯父さまは……？」

顔が心配の余り強張っている。勿論、嘘はつけない。馮道も短く答えた。

「はい、お亡くなりになりました」

「ああ、やはり……」

彼女が肩を落として俯いた。涙を懸命にこらえているのか、痩せた肩が震えている。気丈な娘だ……と、思わず胸が詰まって見守ると彼女が軽くよろめいた。驚いた馮道が彼女を両手で支え、取り敢えず椅子の上に腰かけさせた。秋娘を力ずけなければならない。茶を煎れよう……と、馮道は思った。

彼は炉に炭火を熾し、秘蔵の茶餅《ちゃへい》を取り出した。茶餅は、蒸した茶の粉を乾燥させて圧し縮め、餅のように固めて作る。それを木槌で搗《つ》いて細かく砕き、生姜を加えて鍋に入れ、熱を加えて煎じ上がるのを待つ。やがて、甘い香りが部屋の中に広がり始めた頃、秋娘は急速に元気を取り戻した。煎じ上がった茶を差し出すと、彼女は一口含んで微笑んだ。

「美味しい」

「ははは……、そうでしょう？」

馮道も努めて明るく笑う。茶は四川の蒙頂《もうちょう》で、最高級の逸品だ。作法通り茶を味わいながら、秋娘は微かに微笑んでいる。孫鶴が逮捕された後、直ぐに追手を掛けられたはずだが、良くも無事でいてくれたものだ。でも、どんな経緯でここへ来たのだろうか？　やがて、秋娘は茶碗を卓上に戻し、利口そうな目を光らせて言った。

「伯父は出かける前に私を呼び、今から直ぐ、馮参軍の家へ行きなさい……と、申しました。この家の鍵は伯父から預かりました」

「それでは、朝からここにおられたのですか？」

「はい、申し分けありません」

秋娘が小さな声で謝った。馮道が慌てて秋娘を遮った。考えてみれば、それは非常に賢明な措置であった。この家は孫鶴の保証で借りたので、彼も当然合鍵を持っている。秋娘を避難させるには、まさに打ってつけの場所だった。それに、独身の馮道の家に秋娘が隠れて居ようとは、一体誰が考えつくだろうか？

「とんでもない！　そんな積りで言ったのではありません。わかっていれば、もっと早く帰るのでした。ところで、誰も来なかったでしょうね？」

「ええ、でも物音がすると、私……、急いで寝台の下へ潜り込みましたのよ」

「そうですか。大変だったですね」

「私、滄州城《そうしゅうじょう》で暮らした女ですもの。これ位のこと、何でもございませんわ」

そう言えば、彼女はあの悲惨な体験をしていたのだ。滅多のことで狼狽えないのはその為かもしれない。馮道の視線を外し、彼女は再び説明を始める。

「伯父は私に指図した後、儂はもうここへ戻れないのではないか。実は今日、燕王と決着をつけることにしたのだ……と、申しました。私はこれまで何度も、陛下と伯父との難しい関係を聞かされてきましたので、別に驚きませんでした」

「ほう……、判官はそんなことまで貴女に話していたのですか？」

馮道は聊か意外に思った。孫鶴は秋娘に政治向きの話をしていたと言う。おそらく彼女には、それに耐え得る聡明さがあったからだろう。馮道の質問に、彼女の白い頬が色づく。

「ええ……、多分、私がたった一人の身内だったからでしょう。伯父は親しい方が少なかったので、聞き役が欲しかったのではないでしょうか？」

成程……と、馮道は頷きながら考える。孫鶴は妻に先立たれ、子供は一人も儲けてない。彼にとって、秋娘は唯一人の身内である。それにしても孫鶴は良い姪を持ったものではないか？　やがて、姿勢を正した秋娘は坐り直して馮道に言った。

「実は私、伯父からあなたへ言付けを預かりました。それは結局、伯父の遺言になりましたが……。可道さま、聞いて頂けるでしょうか？」

「勿論です」

馮道は優しく秋娘を見つめ返した。孫鶴は登城する直前、何を彼女に言付けたのだろうか？

## （五）

「燕王は皇帝になろうとしている……。伯父はこんなふうに始めました。私に話す為と言うよりも、自分の考えを整理しているようでした。だが、それだけは見過ごせない……と、伯父ははっきり申しました。止めなければ大国の干渉につながり、国は滅び民が苦しむことになる。しかし、燕王は既に腹を決めたようだ。おそらく今日は諫める者は斬る……と、不退転の決意を示すのではないか。だがね、秋娘。それでも儂《わし》は諫めなければならないのだ」

馮道は頷く。韓延徽と想像した通りだ。孫鶴は将来を見通し、覚悟の上で燕王を諫めたようだ。秋娘は孫鶴の言葉をそのまま続けた。

「何故か？　儂のほか、誰も燕王を諫めようとしないからだ。宰相の王瞳《おうどう》を始め燕王の側近は、権力にすり寄ることだけ熱心で、国や民の行く末など全く関心を持とうとしない。そんな連中が、命を賭けて燕王を諫めるはずがなかろう。しかし……、儂は違う。彼らと違って、命を捨てる覚悟が出来ている。しかし……な、だからと言って、ほめられることではない。儂にはこの国の民のために、命を捨てなければならない理由があるのだ」

馮道の目が光った。果たして、孫鶴は何を理由に挙げるのだろうか？　延徽が言った綺麗ごとではなく、彼の本意が聞けるかもしれない。思わず身体を乗り出した馮道は、秋娘の口が再び開くのを待った。

「その理由とは何か？　それは滄州城のことだ。伯父は私の顔を見つめながら一息つき、やがて呟くように申しました。呂兗《りょえん》の宰殺務《さいさつむ》のことは覚えているだろうね……と。私も伯父を見つめ返し、心の中で叫びました。勿論ですとも！　滄州城にいた者が忘れるはずがございません……と」

「…………」

「多分、私の顔色が変わったからでございましょう。伯父は、ふっと笑みを洩らしました。あれはね……秋娘、儂にも当然責任がある。儂は呂尭の仕事に気がついていた。知っていながら黙認した。儂は人の肉は食わなかったが、彼と同じ罪を犯した。だから……、儂の身体が臭うようになった。死臭が漂ったのも当然かもしれない。考えても御覧、あれだけの人々を犠牲にした者が無事で終わるはずがないのだ。伯父は如何にも平然と言ってのけました。でも、心の中は千々乱れていたはずです。私には痛いほどわかりました」

秋娘が如何にも辛そうに顔を歪め、救いを求めるように馮道を見た。彼女は気力を振り絞って問いかける。

「ねぇ、可道さま。もしも……、もしもそうなら、私だってそうではございませんか？」

「え？」

驚いた馮道に、秋娘が言葉鋭く畳み掛ける。

「だって、私は創州城の節度判官、孫鶴の姪ではございませんか。伯父に宰殺務の責任があるのなら、姪の私にも責任が及ぶのは当然です。そうだとすれば、私もやはり……」

「何を言うのです！　貴女は？」

馮道は強い口調で慌てて遮る。

「貴女に宰殺務の責任があるなんて。まして、そんなことが……。そんなことがあるはずがありません。馬鹿なことを言わないで下さい」

「そうでしょうか？」

秋娘は割り切れない表情で馮道を見た。しかし、まだ、孫鶴の遺言の途中である。それに気がついた秋娘は、気力を振り絞って話に戻った。

「済みません。話が横道にそれましたわ。伯父の話を続けましょう。だから……と、伯父は吹っ切れたように申しました。儂はこれから登城し、燕王と対決してくる。もしも、称帝を止めさせることが出来れば、創州城で死んだ人々に少しは償えるかもしれない。だめだとしても、儂の命はどうせ燕王から預かったものだ。熨斗を付けて返せば済む……と。創州落城後、燕王に許されて生き伸びた事が負担だったのだと思います」

思わず馮道がため息をつく。やはり、単なる綺麗ごとではなかったのだ。創州城の悲劇が、孫鶴を諫死に駆り立てたのである。彼はおそらく、死に場所を求めて生きていたのではないか。一息ついた秋娘が話を続けた。

「その後、伯父は直ぐ付け加えました。最近の燕王の様子では、儂の諫めを聞かないだろう……と。儂が処刑される可能性は極めて高い。そうすれば、お前に手が回ることは目に見えている。ここに居てはいけない。儂が出かけたら直ぐ、馮参軍の家へ行くのだ。そして、これから話すことを誤りなく伝えてほしい」

秋娘がじっと馮道を見つめる。彼も思わず姿勢を正した。

「良いか、馮道に伝えるのだ。燕王が位にある限り、この国の未来はない。敢えて留まれば、必ず禍に遭うだろう。早い方が良い、韓延徽と共に逃げろ……と。儂はね、あの若い二人だけは殺したくない。生きて、天下のために役立って欲しいのだよ。良いかね、秋娘、彼に逃げろと必ず伝えてくれ……と」

思わず馮道は嘆息した。孫鶴は我々のことも心配してくれたのか……。しかし、いきなり逃げろと言われてもと、馮道は思う。瀛州《えいしゅう》の景城県で生まれた自分にとり、それでも燕は、依って立つべき祖国である。それに、苟も政治の末端に係わる者が国を売ることが許されるだろうか？　俺は孫鶴のように命を投げ出すことも出来ないが、逃げ出すことも出来そうにない。彼が思わず考え込んだ時、秋娘が小さな声で言いよどんだ。

「序に、お前も……」

「え？」

言いよどんだ秋娘を馮道が目で促がした。

「いえ、何でもございません」

秋娘が思わず顔を赤くして首を振った。馮道の胸が微かに疼く。孫鶴は秋娘に、一体何を言ったのだろうか？　秋娘が再び確りとした口調で話し始める。

「でも、可道さま。伯父はその後、聞き捨てならないことを呟きました。問題は、燕王が儂をどのように処分をするか……だ。殺すのは間違いなかろう。しかし、もしかしたら殺されるだけでは済まないのではないか？」

「…………」

「私は驚きました。それで、初めて伯父に尋ねました。伯父さま、今、殺されるだけでは済まないと、おっしゃいましたわね？　一体それはどう言うことでしょうか……と。もしかすると、私が怯えていたからかもしれません。伯父は笑って心配するな…と、何も説明してくれませんでした。でも可道さま、あなたはご存知でございましょう？　教えて下さいませ。伯父は今日、一体どんな死に方をしたのでしょうか？」

秋娘が縋りつくような声で尋ねる。思わずたじろいだ馮道が、思い直して秋娘を見つめた。逃げる訳には行かない。彼は低い声で言った。

「判官は今日、実に立派に振る舞われました。陛下に対し一歩も引かず、真正面から称帝のべからざることを説かれたのです。しかし、それが却って陛下の怒りを買いました。驚いてはいけません。彼は冎刑《かけい》に処せられました」

「まあ！　冎刑に……？」

秋娘の顔から血の気が引く。そして、尚も物問いたげに馮道の顔を見つめている。彼女はおそらく気がついている。しかし、これは俺の口から言わなければならない。馮道は懸命に声を振り絞って言った。

「そうです。その後、貴女が想像されている通りのことが……」

馮道は最後まで続けられなかった。

「ああ！」

秋娘が低く悲鳴を上げた。そして救いを求めるように馮道を見つめる。

「それで……、可道さま、もしかしてあなたも？」

彼女の瞳が燃えている。彼女は、彼が否定するのを期待しているのだ。しかし、嘘はつけない。韓延徽の声が甦る。食ったさ。食わないで命があると思うのか？　馮道は小さな声で、しかし、はっきりと言い切った。

「はい、私も……」

馮道は懸命に歯を食いしばった。俯いた秋娘が、肩が激しく震わせている。出来れば彼女を抱きたかった。力一杯抱きしめて震えを止めてやりたかった。しかし、孫鶴の肉を食った彼には許されないことである。やがて、気丈に顔を上げた秋娘が、涙で濡れた顔を上げ、ぎこちなく微笑みながら言った。

「ありがとうございました、可道さま。お陰で私も、何とか区切りをつけられそうですわ」

馮道の顔から血の気が引く。彼女は何の区切りをつけようと言うのか？　思わず秋娘を見つめる馮道に、燃える瞳が詰っていた。彼女は確りした声で馮道に言った。

「これで、伯父から言い付かったことは、あなたにすべてお伝えしました。私、これで失礼させて頂きますわ」

冗談ではない！　この深夜、どこへ行こうとするのか？　外では燕王の手先が、血眼で探していると言うのに……。

「何を言うのです！　こんな夜更けに、何処へ行くのですか？　お願いです。今夜は……、今夜だけはこの家に泊まって頂けませんか！」

　頑なに首を振りながら、それでも秋娘は微笑んで言った。

「ありがとうございます、可道さま。でも私、一人になりたいのでございます。一人になって考えたいのです。伯父が殺されました。それは予想しておりましたが、切り刻まれたとは……。そして、その上……」

　秋娘の白い頬にほんのりと紅がさし、彼女は懸命に声を振り絞った。

「その上あなたが、あなたまでが……」

　彼女は言葉少なく馮道を責めた。両手で顔をおおった彼女は、最後まで言葉を続けることが出来なかった。呆然と立ち尽くした馮道は、それでもやっと気力を振り絞って言った。

「しかし、外は危ない。燕王の配下が貴女を血眼になって探しています。お願いだ。今夜だけでも結構です。今夜はこの家に泊まっていただけませんか？　代わりに、私が出かけますから……」

「ありがとう、可道さま。本当にありがとうございます。でも、心配なさらないで下さいませ。私にも満更行く当てがない訳ではございません。それに……」

　涙で濡れた顔を上げ、彼女は挑むように馮道を見た。

「もしも捕まっても、死ぬだけではございませんか。そんなこと……、私、少しも怖くございませんわ。それでは可道さま、本当にこれで」

失礼します……と、口の中で呟いた秋娘が、背筋を伸ばして玄関へ向った。凛とした気品が馮道を厳しく拒んでいる。捕まっても死ぬだけ……だって？　打ちのめされた馮道は、秋娘を引き止めることが出来なかった。

（六）

燕王劉守光が称帝して二か月半が過ぎた。等閑にされていた易定討伐の準備が、何故か急速に進み始めた。冷え切った十月半ばの或る朝のことである。宰相の王瞳《おうどう》に呼び出された馮道は、燕王へ無礼を働いた廉で投獄された晋《しん》の使節李承勲《りしょうくん》を謝罪させ、あわよくば帰順させるため、大安山の牢獄へ向かうよう命じられた。劉仁恭の壮麗な館の跡地に作られた獄舎は、撤去した建物の土台の岩盤を穿った地下牢で、獄房の数は五十余り、一度入れば生きて出る者はいない……、と言われる程の鉄壁の牢獄に生まれ変わっている。

途中何事もなく大安山へ着いた馮道は、朱斯《しゅし》と名乗る若い獄吏に案内されて地下牢へ降りた。狭い階段を下りて行くと、獄房を穿たれた広い空間に突き当たる。どうやら、自然の洞窟を加工したもののようだ。広間を過り奥へ進むと微熱を含んだ湿気が次第に強まり、全身から脂汗がしたたってきた。馮道は額の汗を拭きながら小首を傾げた。奥の方から異様な臭いが流れてくる。布を取出し鼻と口を抑えたまま、更にどれだけ進んだだろうか？　朱斯がやっと立ち止まった。彼の頭越しに木製の格子が見える。これが李承勲の獄房だろう。

馮道が朱斯を押しのけて前へ出る。思い切って顔から布を外し、格子を掴んで覗き込むと、中からいきなり凄まじい臭気が襲ってきた。たじろぎながらも眼を凝らすと、襤褸にくるまり転がっている総髪の男が見えた。見れば、三尺四方の大きな首枷を嵌められている。逃亡を防ぐのでなく、囚人を必要以上に苦しめるためか？　馮道は微かに呻いた。非道が罷り通る現実を見せつけられ、傍に立つ若い獄吏に激しい怒りを覚えた。上からの指図だろうが、現場の宰領で何とでもなるはずだ。馮道は格子をつかんだまま振り返った。

「この男が、李承勲《りしょうくん》か？」

「はい、左様でございます」

朱斯が丁寧に応じた。不遜に光る二つの目が、わかりきったことを聞くなと嘯いている。馮道は無駄を承知で問いかけた。

「李承勲は太原《たいげん》の少尹《しょういん》ではないか。首枷は無用だと思うが？」

「囚人に貴賤の別はございません。しかも、これは刑部《けいぶ》からのお指図です。従わなければ、私の落度になりましょう」

朱斯は冷ややかに答えた後、それよりも……と、馮道に釘をさす。

「役目柄、私がここまで案内させて頂きました。半刻《はんとき》後に戻って参りますので、それまでにお役目を済ませて下さいますように」

馮道は、わかっていると軽く頷く。朱斯は軽く唇を歪めて踵を返した。規則正しい足音が完全に消えるのを待って、馮道は再び顔を格子につけた。それにしても凄まじい臭いである。しかし、何とかそれに慣れた頃には、牢内の様子が次第につかめるようになった。床の上が排泄物で溢れている。太原の少尹ともあろうこの男は、糞尿の中で横たわっていたのだ。馮道は暗澹とした気持ちを抑えながら、李承勲が投獄された経緯を思い出した。

李承勲は元々、晋《しん》の都の太原の少尹（副長官）だった。彼が幽州へ乗り込んだのは、晋王李存勗《りそんきょく》の特使として燕王の皇帝即位を祝うためだが、その裏には、燕王を更につけ上がらせ、自滅させる狙いが隠されていた。それを愚かにも王は、大国の晋が自分の皇帝即位を認めたばかりか、恭順の意を示しに来たと思ったのである。有頂天になった王は、使節を朝貢使《ちょうこうし》、つまり属国の使節として扱おうとしたが、李承勲はこれをきっぱり拒絶した。彼は隣国通使《りんごくつうし》の礼で、即ち、対等な国の使節として燕王に見《まみ》えたのである。

当てが外れた燕王は、目を瞋《いか》らして李承勲を責めた。自分は皇帝である。汝の主人は皇帝よりも一段下位の王ではないか。汝は陪臣《ばいしん》として、自分に対し臣称せよ……と。ところが、李承勲は少しも怯まず渡り合った。自分は晋王の臣である。燕王に臣称する謂れはない。しかし、もしも燕王が晋王を従わせることが出来れば話は別だ。その時は、自分も喜んで燕王に仕えようではないか……と。彼は、小国の燕が大国の晋を支配できるはずがない……と、燕王の馬鹿げた要求を撥ねつけたのだ。廷臣が見守る中で皇帝の面目をすっかり失い、自尊心を大いに傷つけられた燕王は、その場で李承勲を捕らえ大安山へ送った。

それから一か月、燕王は今、憑かれたように戦の準備に取り掛かっている。おそらく、易定を討伐して領土を広げ、皇帝の権威を内外に示し、李承勲に傷つけられた自尊心を回復する積りだろう。こうして、頓挫していた易定討伐が俄かに現実になりつつあった。意図したことではなかろうが、李承勲も余計なことをしてくれたものだ。

ふと気がつくと、獄房の中で音がした。頻りに、何かが動いている。何時の間に集まったのか、沢山の鼠が排泄物に群がり、互いに威嚇しながら漁り合っていたのである。争いは次第に激しく騒がしくなり、いきなり、一際高い鳴き声があがった。一匹の鼠が群れの中から弾き飛ばされ、格子の傍の溝に落ちた。飛沫があがり、まともに馮道の顔を襲った。頭から汚物を被った馮道が思わず低く悲鳴をあげると、獄舎の中に小気味よい笑い声が響いた。何時の間にか身体を起こした李承勲が、鋭い目つきで、馮道を真直ぐ見つめていたのである。

思わず厳しく睨み返した馮道を、李承勲は笑って往なす。厚さが三寸もあろう首枷を抱え、糞尿がこびりついた髪を振り乱しているが、悪びれた所はどこにもない。馮道は本能的に悟った。李承勲は手強い相手だ。自分の手に負える相手ではない……と。しかし、不思議なことに闘争心が盛り上がってきた。何時もは争いを好まない馮道にしては、極めて珍しいことだ。彼は自分でも戸惑いながら李承勲に名乗った。

「燕の録事参軍《ろくじさんぐん》、馮道でございます」

我ながら声が確りしている。勢い込んだ馮道は、髪から滴る汚物も気にならなかった。

# （七）

馮道は李承勲を懸命に説いた。自分がここへ来たのは、燕王の意を受け、貴下に帰順を勧めるためである。陛下が貴下の器量を高く評価されていることを承知願いたい。ついては、陛下に無礼を働いた非を認め謝罪して頂きたいのだ。さもなければ、貴下は間違いなく斬られよう。考えても見られよ。貴下は燕王に見《まみ》えるに隣国通使の礼を用いられ、既に晋王のため十分忠義を尽された。不幸にして捕えられた今、たとえ晋を辞して燕に仕えても、一体誰に非難が出来るだろうか？　ここは燕王の招請に応え、天下のために尽力すべき時だと思う。太原《たいげん》の少尹《しょういん》ともあろう方が、命を粗末にしてはならない……と。

馮道は次第に声を張り上げた。大声を出すこともない地下牢だが思わず熱が入る。だからだろうか？　黙っていた李承勲の口が開いた。

「燕王に謝罪せよ……と、言うのか？」

「はい」

「何故だ？」

「謝罪しなければ斬られます。狂人に逆らってはなりません」

燕王を狂人にたとえてしまった。我ながら思い切ったことを言ったものだと、馮道は思う。

「ふん！」

李承勲が鼻先で笑った。鋭い目つきが和んでいる。

「馮道……、と言ったな？」

「はい」

「孫鶴の肉を食って気を失った男か？」

知っていたのか！　思わず絶句した馮道に向かって、李承勲が更に追い討ちをかけた。

「それで……、そなたは何故気を失ったのか？」

黙り込んだ馮道を見て、李承勲が穏やかに指摘する。

「食いたくはないが、拒むことも出来なかったからだろう？」

そうかもしれない……と、馮道は頷く。馮道の素直な姿勢に李承勲が笑った。

「ははは……。気絶しても良いではないか。誰だって、人の肉を食いたくない」

「しかし、結局は食してしまいました」

極まり悪そうに呟く馮道に、李承勲があっさり言葉を返す。

「そうか。しかし……だ、そなたは少なくとも理不尽な強制に反抗し、気絶することで自分の意思を明確に示した。気に病むことは全くないぞ。ところで、馮道」

「はい」

「儂《わし》だって……同じだ。儂も燕王の要求に自分の意志で逆らった。多分、そなたも知っていようが、儂はこの国へ、燕王をつけ上がらせるために来た。おこがましくも皇帝を名乗った彼を益々増長させ、自滅させるために来たのだ。それが目的に背いて隣国通使を主張し、朝貢使として見えることを拒否したのは何故か？　わかるか、馮道？」

「もしかすると少尹の心に、大国の使節としての矜持が働いたからではないでしょうか？」

「ははは……、それもある。しかし、それだけではない。儂は……な、燕王の皇帝としての自尊心を砕こうと思った。何故か？　燕王を易定討伐に確実に追い込むためだ」

「…………」

「元々、彼が称帝した動機は、隣国の易定を征討して領土を広げ、大国の仲間入りをするためではなかったか？　そしてそれを足掛かりに、あわよくば晋や梁をも滅ぼして、天下の主になりたいからではなかったか？　ところが、儂がこの国へ着いた時には、直ぐにも易定討伐に取り掛からなければならないはずの燕王に、気負いもなければ準備する気配もなかった。おそらく孫鶴の諫言が堪えたのだろうが、それでは儂らの計算が外れる。そこで儂は燕王に逆らい、朝貢使として見えることを拒否した。それは……な、皇帝としての彼の権威が如何に弱いか思い知らせてやるためだ。断っておくが、これは陛下の指示でもなければ、監軍の指図でもない。使節としての儂の判断だ」

　馮道は李承勲の顔をまじまじと見つめた。陛下とは晋王李存勗のことだ。監軍とは晋王の片腕、張承業のことだろう。李承勲の行為は彼らの指図ではなかったのだ！　李承勲の人物の大きさが改めて感じられてきた。

「これは案外うまく行った。皇帝の威信を傷つけられたからは、おそらくここ二三日の内に廟議を開き、易定討伐を決めるのではないか？　そうだな、馮道？」

思わず頷きながら、馮道は改めて李承勲の顔を見つめた。彼は獄中に居ながら、燕の動向をここまでつかんでいる。李承勲はやはり、俺の敵う相手ではない。

「しかし、易定征討には名分がない。燕が易定を侵略すれば、我が国は誰に邪魔されることなく易定を救援し、燕を破って併呑することが出来る。儂は大国の使節としての矜持を貫くと共に、祖国の利益に貢献することが出来るのだ。その結果、例え燕王に殺されても、満足こそすれ、後悔することは全くない。儂には燕王に謝罪する気は勿論のこと、帰順する積りもないのさ」

李承勲が確りした声で言い切った。その通りだ……と、馮道は頷く。命令とは言え、大安山迄やって来た自分の姿がちっぽけ見える。自ら恥じ入る馮道を見て、李承勲の目が再び厳しくなった。彼は馮道に向かって改めて問いかけた。

「しかし、儂のことはともかく……だ。そなた、自分の為すべきことがわかっておろうの？」

馮道の顔が強張る。俺のなすべきこと……だと？　燕の廷臣である限り、燕王の下知に従うほかないではないか。彼は俺に、一体何を言いたいのだろうか？　抜き差しならないことにならなければよいが……。思わず身構えた馮道を見て、李承勲の唇が僅かに歪んだ。

「どうした、馮道？　何故答えない？」

「…………」

「答えたくないか？　それとも、答えられないのか？」

沈黙を続ける馮道に痺れを切らしたのか、李承勲は微かにため息をつき、意を決したように馮道を見つめた。

「そうか、わからないか？　しかし、どうやら獄吏が戻ってくる時間だ。仕方がない、教えてやろう。儂は……な、お前が燕王の前で気絶したことを高く評価している。燕王の理不尽な要求に、反対する意志を示したからだ。しかし……だぞ、お前はこの国の民のため、更に前へ進まなければならない。為すべきことを明確につかみ、自分の意志を言上するのだ。なあ馮道……、お前には今、それが問われているのではないか？」

息を呑んだ馮道に李承勲の目が光る。彼は諭すように言葉を続けた。

「それでは、お前が今為すべきことは何か？　それは燕王を諫めることだ。来たるべき廟議の席で、易定討伐に反対することだ。儂は、この国へ来て驚いた。民が全く疲弊し切っているではないか。内乱の続発に加え契丹人の侵入、天に唾する燕王の悪政……。おそらく、そなたも知っていよう。或いはその眼で見たかもしれない。この国では、人が人を食することも稀でない、と聞く。食《は》まなければ生きられないのだ……と。そうだとすれば、民をこれ以上苦しめてはならぬ。戦に巻き込んではならないのだ。燕王を諫めよ。今度は気絶することなく、言葉ではっきり説き伏せるのだ。信念に殉じた孫鶴の行為を思い出せ！　廷臣には民を救う義務があろう。燕王を諫めることが出来れば、お前も救われるかもしれない」

孫鶴のように、俺に燕王を諫めろと言うのか？　気絶することなく、はっきり言上せよ……だって？　考え込んだ馮道の目に孫鶴の肉片が浮かぶ。口の周りに、何とも言えない感触が甦ってくる。嫌だ！　俺にはできない……と、心の中で叫んだ。俺は孫鶴のように食われたくない！　李承勲の鋭い目に耐えられなくなった馮道は、思わず目を逸らせて下を向く。李承勲の顔に落胆の色が浮かんだ。彼は大きく舌を鳴らし、低い声で罵った。

「ちっ！　情けない奴だ。もう良い、帰れ！　自分の始末は自分でつけろ」

（八）

夜も更け、寒さが身体に染み透る。月光が白く街並みを照らしている。馮道が城から出た時は亥の刻を過ぎていた。宰相の王瞳《おうどう》は彼の報告を坦々と聞き流し、不首尾を謝っても鷹揚に頷いた。馮道の働きをさほど期待していなかったかもしれない。しかし今朝はまだ、馮道の出張に力を入れているように見えた。態度を急変した裏に何かあるのだろうか？　李承勲の処分が決まったのでなければよいが……。馮道はふと、不吉な思いにとらわれた。

それにしても、李承勲は何故あんな事を言ったのだろうか？　冷静になるにつれて疑問が募る。彼と俺とは敵味方ではないか。李承勲の使命は燕王を増長させることだ。即ち、燕王を名分のない易定討伐に駆り立て、晋の介入の口実を作り、燕を滅ぼすことにあるはずだ。それを何故、馮道に邪魔立てさせようとするのか？　もしも馮道が易定討伐を中止させれば、李承勲の苦労は水の泡になるではないか……。馮道は彼の意図がわからないまま歩き続けた。道が狭まり、観音《ヴァンイン》の酒場も近づいた。

一杯飲めば、李承勲のことを忘れられるかもしれない。

旅籠の廃墟で立ち止まり、夜空を仰いだ時である。慌しい足音が聞こえてきた。誰かが懸命に走って来る。面倒なことに係わりたくなかった。廃墟の陰に急いで身を隠すと、痩せた背の高い老人が若い娘の手を引き、転がるように走ってきた。顔を布で隠した娘は胡服《こふく》に袴の軽装である。深傷を負っているのか短衣《ジャケツ》が赤く染まっている。息が切らした二人は馮道の前で立ち止まった。見ると、何時の間にか四五人の男が現れ、剣を構えて囲んでいる。頭を天辺まで剃り上げ、弁髪を垂らしている所を見ると、契丹人《きったんじん》だろうか？

逃げられないと覚悟したのか、老人がぎこちなく剣を抜いて身構えた。薄ら笑いを浮かべた頭株の男が気合いをかけて激しく突く。呆気なく腰から落ちた老人に、男が剣を一気に振り下ろした。肉を断つ鈍い音に悲鳴が重なる。駆け寄った娘がとっさに身体を投げて老人を庇う。夷狄の男の目が光り、剣を斜に振り上げた。思わず身体を乗り出した馮道は足もとの石ころを拾い、男へ向かって力一杯投げつけた。

礫が当たり、男の構えが大きく乱れる。色めきたった男たちへ、馮道は手当たり次第石を拾って投げつけた。たちまち、石が尽きる。万事休した馮道は路上に姿を現し二人を庇った。文官姿の馮道を見て襲撃者の顔が安心したようにほころぶ。彼らは剣を構え直し、素手で立ちはだかる馮道を取り囲んだ。馮道の膝が小刻みに震える。しかし、悔やむ気持ちは全くない。

いきなり、鋭い気合と共に男の身体が宙を跳んだ！　男の動きに金縛りになった馮道が、斬られる……と、思わず覚悟した瞬間である。意識の底で、不気味な音を聞き分けた。闇の中から一本の矢が飛んでくる。血が激しく飛び散り、男の身体が音をたてて崩れた。首を射抜いた矢は太くて短く、漆を塗ったように黒光りしている。それを見た襲撃者の反応は驚くほど早かった。彼らは互いに目配せし、闇の中へ消えて行った。

馮道は、肩で息をして闇を見つめた。全身から汗が噴き出し、胃の腑が激しく上下する。込み上げる胃液を飲み下しながら、彼は二人の傍へ近づいた。仰向けに転がった老人へ、娘が右手を伸ばしている。老人は肩から下へ斜に斬られ、一目で息がないことがわかった。娘の胸から血が流れている。思わず眉をひそめた馮道は華奢な身体を抱き起こした。荒い息遣いに顔を曇らせながら、馮道は彼女の顔の布を慎重にほどく。月光に照らされた顔を見た馮道は思わず声を挙げて驚いた。

「秋娘！」

秋娘が！　何故だ……？　彼には、目の前で起こったことが全く理解できなかった。秋娘の目が微かに開く。

「可道《かどう》さま……か？」

不思議そうに馮道を見上げた瞳が次第に力を失い、瞼がゆっくり閉じられた。慌てた馮道が彼女の身体を揺すって懸命に叫ぶ。

「秋娘、確りしろ！　目を閉じてはならない。頼む、開けて、目を開けるんだ！」

秋娘の口が微かに喘ぐ。馮道は彼女と別れた夜を思い出した。あの時、彼女を何故引き止めなかったのだろうか？　力ずくでも引き止めれば、こんなことにはならなかったはずだ……。彼は自分を厳しく責めながら秋娘の身体を揺すり続けた。しかし、全く反応がない。苛立った馮道が更に力を入れようとした時である。鋭い声が彼を強く制止した。

（九）

「止めろ……可道、止めるんだ。秋娘は大怪我をしているのだぞ」

　馮道が振り返ると、二人の男女の姿があった。契丹風の外套を無造作に羽織った韓延徽の傍に、矢袋を背負った観音《グァンイン》が佇んでいる。矢が黒い所を見ると、どうやら彼女が助けてくれたようだ。馮道の感謝の眼差しを、にこりともしないで受け流した観音は、彼の肩越しに秋娘の様子を見下ろし、短く言った。

「どいて……。私に任せなさい」

　観音は秋娘の傍で片膝をつくと、素早く短刀を引き抜き短衣《ジャケツ》を一気に切り裂いた。白い胸から激しく血が流れている。彼女の目が鋭く光った。

「大丈夫。急所は外れているわ」

　彼女はてきぱきと治療に取り掛かった。秋娘の豊かな胸が波打っている。大丈夫だろうか？　覗き込む馮道を観音が厳しく叱りつけた。

「何を見ているの！　向こうへ行って」

慌てて離れた馮道が老人の傍に佇む韓延徽に近づいた時、彼は延徽の呟く言葉を聞きつけた。

「残念だ……。崔《さい》老人を死なせてしまったか」

何だって、崔老人……だと？　聞きとがめた馮道は韓延徽を見つめた。彼はこの事件の経緯を知っているのではないか？　崔老人とは何者だ？　それよりも、秋娘は何故襲われたのだろうか？　どうやら、経緯を知らないのは俺だけのようだ。険しい視線をまともに浴びた韓延徽は、苦笑しながら馮道に弁解した。

「何だ、可道！　その目つきは？　これには深い仔細があるのだぞ。それに……、俺たちは秋娘から頼まれていた。お前にだけは内緒にしてくれ……とな」

馮道は険しい顔を崩さなかった。そうだとしても、俺たちは親友ではないか。何故、一言も話してくれなかったのだ。話してくれていれば、避けられたことかもしれない……。彼は湧きあがる怒りを辛うじて抑えながら言った。

「説明してくれ蔵明《ぞうめい》。これは一体どういうことだ？」

「良し……、簡単に言おう。可道、お前は燕王が今、内侍《ないじ》省の宦官に命じ、後宮に納《い》れる美人を広く求めているのは知っている……な？　驚くなよ、秋娘はそれに応じようとしたのだ」

「秋娘が！　信じられぬ……。一体、何のために？」

「勿論、燕王の慰み物になるためだ」

「うっ！」

「それを手助けしたのが崔老人」

「許せぬ！」

「まあ、聞け。彼は契丹人の血が混じっているが、秋娘の母方の親戚だ。契丹の縁で観音《グァンイン》の知り合いでもある。彼はお前の家から出て、行き所のなくなった秋娘をずっと匿っていたのだぞ……」

「それがどうした？　たとえ誰であろうと、燕王に秋娘を差し出すことは許さない。そもそも、そんなことがあって良いものか！」

「落ち着け、可道。これは秋娘の意志だ」

「何故だ？　え、蔵明、何故なんだ？」

「勿論、判官の仇を討つためだ。燕王の後宮に入るほか、彼に近づく方法がないではないか。それは、決して間違っていないはずだ。彼女は端から、自分の身を捨てる積もりでいたのだろう。わかるか可道、秋娘の心の中が……？」

「ううむ……」

　馮道が唸った。秋娘は身体を燕王に捧げ、隙を狙って王を刺そうとしたのか？　しかし、それが何故こんなことに？　馮道の疑問を読み取った延徽が淀みなく説明する。

「しかし……だ。崔老人と秋娘が内侍省に出頭した時、偶々応募に来た別の女性と鉢合わせた。秋娘と面識のあった彼女は、秋娘が孫鶴の姪であることを直ぐさま内侍省の役人に告げてしまった。実はね、その女は創州城に住んでいた女なのだよ……」

「それで?」

「内侍省には、崔老人の友人で契丹人の宦官がいた。密かに異変を知った彼が、間一髪の所で二人を逃がしてくれた上、観音《ヴァンイン》にも知らせてくれた……と、言う訳だ。彼女と俺は崔老人を通じ、秋娘とも何度か顔を合わせていたからだ。秋娘はお前の大事な人だ。俺と観音は陰ながら秋娘を見守ろうと思っていたのさ。しかし、連絡を受けた俺たちが慌てて後を追いかけた時には、既に追手が放たれており、残念ながら完全には間に合わなかった。可道、これがすべてだ。それでもお前は、俺たちに文句があるのか?」

「済まない、俺が悪かった。しかし蔵明、お前も感づいていたように、俺は秋娘を愛している。俺に教えてくれても良かったのではないか?」

「しかし……、お前は彼女が燕王の後宮に入ることが耐えられるだろうか? おそらく、耐えられないだろうよ。お前に話せば、お前は必ず邪魔をする。秋娘の決意も鈍るだろう。彼女は判官の仇を討つことが出来なくなることを怖れたのだ。だから、彼女はお前には知らせなかった。わかってくれ、可道。俺も、お前には言えなかった……」

成程……と、馮道は思った。確かに、そんなことが耐えられるはずがない。秋娘が燕王の後宮に入ろうとすれば、俺はあらゆる手段を尽くして邪魔したはずだ。それにしても、天は俺を見捨てなかったと言うことか? 創州城の女の告げ口のお蔭で、秋娘は後宮に入ることができなかったではないか。ほっと、一息ついた馮道の耳に微かなうめき声が聞こえた。秋娘が生死の間で闘っている。彼はほんの一寸した間でも、彼女が苦しんでいることを忘れた自分を情けなく思った。秋娘、頑張ってくれ！　俺は君がいないと真直ぐ生きて行けそうもない。心配になった彼は再び、観音の傍に近づいた。

観音は無言で治療に当っていた。厳しい顔には取りつく島もない。考えてみれば、彼女も不思議な女性だった。契丹人には珍しく赤い髪に青味がかった瞳をしており、荒っぽい中にも何とも言えない気品が漂う。酒場を経営しながら、弓矢も使えば馬にも乗るほか、教養が高く薬師《くすし》の道にも通じている。馮道は、彼女が何時か白楽天の詩を正確に詠っていたことを思い出した。何よりも不思議なのは、彼女の矢を見ただけで、刺客が慌てて退散したことだ。彼女は一体何者だろう？　彼女が誰であるにせよ、彼にとっては今や、本物の観音様より遥かに有難い存在である。

やがて、秋娘の手当てを終えた観音が背伸びしながら言った。

「これで、何とか大丈夫……。でも、意識が戻らないわ。随分血を流したから仕方ないけど、早く連れて帰りましょう。ところで可道、一体何をしているのよ！　ぼやぼやしないで、秋娘を運びなさい。秋娘にはもう、あなたの家しか行く所がないのよ」

望む所だ。馮道は急いで秋娘の冷え切った身体を抱き上げた。俺はもう、二度と秋娘を手離すことが出来ない。しかし、秋娘の伯父の肉を食らった俺は、再び彼女の信頼を得ることが出来るだろうか？

（十）

宰相の王瞳が幽州城の大広間で易定《えきてい》討伐の宣旨を読み上げていた。襟を正した廷臣たちは身じろぎもしない。玉座の傍に孫鶴が処刑された大俎板がこれ見よがしに据えられ、その上に李承勲の首が載せられていた。斬られたばかりの李承勲の首は生々しく両眼を開き、真っ赤な口を空しく開けている。今にも孫鶴の絶叫が……、李承勲の怒声が聞こえてくるような気がする。宣旨が終盤に近づき、王瞳が一際高く声を張り上げた。

「唐朝が滅んで四年。諸国大いに乱れ、英雄各地に蠢動《しゅんどう》せり。然れども寡人《かじん》、義を行うこと既に久しく、天命を享受して皇帝となる。天に代わり、義を行うは寡人の責なり。故に、これより易定《えきてい》へ出征し、天下に覇を唱えんと欲す……」

一息入れた彼は、神妙に聞き入る廷臣を睨む。よもや、陛下に刃向かう者はなかろう。彼は余裕をもって叫んだ。

「諸君！　この議、果たして如何？」

左右を見回した彼は形式的に諮った。燕王は予め、諫める者は斬る……と、公言している。孫鶴が切り刻まれたのは僅か三ヵ月前だ。誰が敢えて反対するだろうか？　彼は自分の声の余韻を楽しみながら見渡した。異様な緊張が走る。誰かがした遠慮がちの咳に、わざとらしく眉をひそめる者もいる。敢えて意見を陳べる者もなく沈黙が続いた。止まった時間を、誰もが持て余し始めた時、馮道の身体に突然、思いがけない異変が起こった。何かが身体の中で頻りに動く。胃の腑の辺りで蠢く痼《しこり》のような異物が騒ぐ。それが体内から彼を激しく突き上げ、立ち上がらせようとしてくる。もしかしたら孫鶴の肉か？

馮道は蒼くなった。今、立ち上がることできない。立てば宣旨に反対することになる。そんなことをすれば殺されるばかりか、折角取り戻した秋娘と別れなければならない。馮道は椅子に腰を掛け直すと、足を確り踏ん張った。やっと癇の動きを抑え込んだ馮道を、今度は李承勲の首が捉えていた。血だらけの首がまともに彼を睨んでいる。魅入られたように見つめ返した馮道は、李承勲の唇が動くのを確かに見た……、いや、確かに見たような気がした。李承勲の声が彼の意識に甦る。易定、征すべからず！　再び民を苦しめるべからず……と。

李承勲の声が執拗に囁く。どうした、馮道！　何故立たない！　立って燕王に進言せよ！　易定、征すべからず、国を破綻に導くべからず……と。お前はこの国の廷臣ではないか。お前には民を救う義務がある！　懸命に抗う馮道の耳に、今度は孫鶴の呻き声が聞こえてきた。肉を刻まれる孫鶴の、燕王を呪う声が聞こえてくる。守光！　汝、皇帝になるべきか！　天罰、汝にたちどころに下らん。見よ！　百日出でずして、大軍、幽州へ至るべし……。

立て！　馮道、立ち上がるのだ……と、二人の霊が執拗に叫ぶ。馮道の心も千々に乱れる。内心の葛藤と激しく闘う馮道は、何時の間にか燕王を睨みつけていた。燕王の眼が不気味に光る。慌てて視線を逸らそうとした馮道を、やっと燕王は思い出した。何だ、孫鶴の肉を食って気絶した小役人ではないか……。端正な顔をゆがめながら、燕王は如何にも軽蔑したように嗤った。不思議なことに、馮道は正確にその嗤いの意味を読み取ることが出来た。激しい怒りに背中を押され、馮道は思わず勢いよく立ち上がった。

驚いた王瞳が詔書を床へ取り落とした。形だけの諮問に応え、立ち上がった馬鹿者がいる！　それも録事参軍《ろくじさんぐん》の軽輩ではないか。こ奴め、気が狂ったか？　彼は険しい顔で馮道を睨み、凄まじい剣幕で怒鳴りつけた。

「控えよ！　馮道。お前のような下っ端が出る幕ではない！」

廷臣たちが一斉に下座を振り返り、互いに顔を見合わせてざわめく。彼らの視線を一身に浴びた馮道は、思わずその場に立ち尽くした。極端に緊張したせいか、全く言葉が出てこない。声を出そうとしても、口から出るのは意味不明な吃音だけである。呆れ返った燕王が苦笑しながらそっぽを向いた。激しい屈辱感に奥歯を噛みしめた馮道は、それを発条《ばね》に奮い立った。彼は辛うじて体勢を立て直し、懸命に口を動かせた。

「録事参軍の馮道でございます」

自分の声が遠くに聞こえる。誰の声かと思うほど上ずっていた。再び馮道を捉えた燕王の邪悪な眼が燃えている。それを見た馮道は、心の底から怯えた。格の違いを思い知らされたためか、全身が小刻みに震える。血が一気に逆流し、こめかみが痛いほど締め付けられた。気がつくと、心臓が早鐘のように鳴っている。意気地なく、馮道がそのまま席に崩れ落ちようとした時である。目の前に赤い肉片が現われた。孫鶴の肉が蠢きながら馮道に囁く。

忘れるな……馮道、お前は人の肉を食したのだ。付けはきちんと払わなければならない。今度はお前が食われる番だ！

その通りだ……と、馮道は頷く。どうして、今までそれに気がつかなかったのか？　確かに、今度は俺が食われる番ではないか。懐かしい声が甦る。もしも伯父が人を食したなら、私だってそうではございませんか？　秋娘は食われる覚悟で燕王の暗殺を企み、後宮に入ろうとしたのだ。私、死ぬことなんか、ちっとも怖くありませんわ……。彼女の毅然とした姿が馮道を励ます。彼は両足を確り踏ん張り、気力を振り絞って叫んだ。

「録事参軍馮道、恐れながら大帝に申し上げます。願わくは、易定《えきてい》を攻めるべからず……、未だ、その時期に非ざるなり！」

確りした声が大広間に響いた。廷臣たちが驚いて顔を見合わせる。こいつめ、本気で燕王を諫めおった！　堰を切ったようにどよめきが起こる。誰かが言葉にならない声を叫んだ。怒り狂った王瞳が馮道を激しく叱責する。

「黙れ、若造！　貴様は陛下に逆らうつもりか？　孫鶴のことを忘れた訳ではなかろうが！」

馮道は落ち着いて王瞳を見つめ返した。今度は俺が食われる番だ。彼はそれを、心の中で呪文のように繰り返し、確りと燕王へ言上する。

「晋王が今我が国の西辺を窺い、契丹また北辺を侵さんとする。俄かに易定を征するは、未だ可と言うべきにあらず。大帝、今はただ士を養って民を愛せ。兵を訓《おし》えて強兵とし、民を慈しんで穀を積むべし。徳政、普く行き渡れば、四方、自ずと服さん……」

燕王は馮道の顔をまじまじと見つめた。彼は俎板に近づくと、李承勲の首を鷲づかみにして高くかざした。

「下郎、良くぞ申した。しかし、これを見ろ！　良っく見るのだ。お前は、これが怖くないか？」

「臣は臆病者でございます。怖くないはずがございません」

落ち着いて答える馮道に燕王は頷く。頷きながら、訝しげに首を傾げた。

「それなら何故、お前は儂を諌めようとするのか？　儂は諌める者は斬る……と、警告したはずだ。知らないとは言わさぬぞ！」

馮道は燕王を確りと見つめ返した。燕王を相手に互角に渡り合う自分に驚きながら、出来るだけ誠実に答える。

「臣は心ならずも人の肉を食しました。人の道に背き、天に向かって唾しました。もし天道ありとすれば、今度は臣が食われる番でございます。それが天の道理ではございませんか？　さればこそ、臣は食われる覚悟で陛下のため、国家社稷のために臣の信ずる所を申し上げました。たとえ叡慮に背き、この身がどのように罰せられようと悔いることはございません。臣は、天の道理に従うのみでございます」

燕王がその端正な顔を歪めた。両眼が燃えるように光っている。臆せず見返す馮道を見下し、彼は吐き捨てるように言った。

「ふん！　今度は自分が食われる番か？」

宙をじっと睨んだ燕王は、考えながら続けた。

「うむ、確かにお前たちはそうかもしれぬ。人を食ったものは、食われなければならない……か、何となくわかるような気もする。しかし……だ、儂は違う！　そうだ、儂はお前たちと全く違う存在なのだ。馮道と言ったな？　わかるか、儂の言うことが？」

燕王が自分の名前を覚えていた……。複雑な感慨が胸に湧く。しかし残念ながら、燕王の言葉の真意が掴めない。考え込んだ馮道を見て燕王が笑う。

「ははは……、そうか、やはりわからぬか？　わからなければ教えてやろう。それは……な、わしが王から皇帝に進んだからだ。何故、王よりも皇帝が尊いか？　お前は考えたこともなかろうが、凡そこう言うことだ。良いか、良く聞け！　皇帝は現世の支配者たる王と異なり、万物を主宰する宇宙神なのだ。現世を支配し、尚且つ、未来をも支配できる絶対的な存在だ。だから皇帝が何をしても、天は咎めることが出来ない。即ち……、皇帝は天と全く同格なのだ」

燕王の瞳が狂ったように光る。皇帝は天と同格だ……と？　馮道の背中に冷汗が流れる。燕王が更に昂然として嘯いた。

「だから、わしは皇帝になった。皇帝になった儂は、お前たちは勿論、父母兄弟を殺しても咎められない存在になった。人と異なり、人を食しても人に食われることはない……。わしは、何をしても許されるのだ！　ははは……」

燕王が笑った。その白い端正な顔を崩してどこまでも笑った。笑い続ける燕王を見つめながら、馮道は次第に激しい怒りを覚えた。燕王は狂っている！　彼が称帝に拘ったのは、単に征服欲を満たすためではなかった。彼の望みは、自分を天に比して神となり、思う存分人を殺し、傷つけ、虐げることなのだ。それだけではない。彼は敢えて天道に逆らいながら、それを天の名を借りて正当化しようとしている。もしかしたら、孫鶴や秋娘はそれに気がついていたのではないか？　そしておそらく、李承勲も……。

今となれば、せっかく燕王を易定討伐に導いた李承勲が、何故馮道に易定討伐を諌止せよ……と説いたのか、理解できるような気がする。燕王の心の魔物に気がついた李承勲は、晋国のためだけではなく、燕の民のためにも彼を倒そうとしたのだ。そのため、自分では燕王に易定討伐をけしかけ、晋が燕に干渉する口実を作らせたほか、馮道に易定討伐を反対させ、燕国内における燕王反対勢力を作らせようとしたのではないか。もしもそうなら、易定出兵を口実に燕を滅ぼす晋の意図と、馮道に易定出兵を反対させようとした李承勲の企みは全く矛盾しないことになる。彼は馮道に民の側に立ち、燕を内部崩壊させる核になることを求めたのだ。

李承勲に言われるまでもない……と、馮道は思った。彼は激しい怒りを込め、燕王を真っ向から睨みつけた。殺すが良い。食いたければ食うが良い。百人でも千人でも殺せるだけ殺し、食えるだけ食うが良い。しかし、俺は民の立場であくまでも燕王に逆らってやる。国が立ち行くためには、民が生きられなければならない。馮道は歯を食いしばって燕王を睨んだ。平然と受け流した燕王は、成り行きを楽しむように呟いた。

「ところでお前の始末だが……、儂は一体どうすれば良いか？」

王瞳がすかさず媚びるように言った。

「馮道が陛下に逆らい、妄言を弄したこと万死に値します。臣思うに冎刑《かけい》に処し、その肉を食らうべきかと考えます」

燕王は黙って馮道を見つめる。馮道は気力を振り絞って睨み返した。彼の脳裏に孫鶴の処刑がありありと甦ってくる。彼は心の中で叫んだ。俺を殺すが良い。食らうが良い。しかし、魂魄だけは食わせる訳には行かない。俺は最後まで闘ってやる！　李承勲の意志を受け継ぎ、孫鶴のように食われることで、燕王打倒の核になるのだ。

悲壮な覚悟を固めた馮道は、今更ながら秋娘を思った。秋娘は今でも俺の家で昏々と眠っているはずだ。処刑されるのは仕方ない。心残りがあるとすれば、彼女と思う存分語り合えなかったことである。しかし、今度は俺も自分の意志を貫いた。引け目を感じることなく、秋娘の瞳を真っ直ぐ見つめることが出来る。昂然と胸を張る馮道を見て、燕王はその端正な顔をほころばせ、重々しく口を開いた。

「馮道！　儂は諫める者は斬ると申した。しかし、それでもお前は敢えて逆らい、生意気にも諫言してくれおった。お前の罪は万死に値する。儂はお前を斬る！」

燕王が馮道を睨んで力強く言い切った。固唾を呑んで見守っていた人々が一斉に歓声を上げる。彼らは三ヵ月前の出来事を思い出してどよめいた。そうか、今度は馮道の肉を食えるのか……。

四方から衛兵が一斉に駆け寄る。馮道は近づく衛兵を睨み付け、今更のように孫鶴の絶叫を思い出した。俺も力の限り闘ってやる！　ぎこちなく身構える馮道に、衛兵が容赦なく飛び掛かった。暴れる馮道を数人がかりで押さえつけ、燕王の前に引き据えた。それを見下ろした燕王が天を仰いで笑い転げ、廷臣たちの歓声が続く。一頻り笑った燕王は、急に落ち着き払って剣を抜くと、鋭い刃先を馮道の首に押し当てて言った。

「これで、お前のすべてが終わる。地獄へ落ちるが良い！」

「…………」

「しかし……だ、馮道。お前は嘗て人の肉を食し、食したが故に死を覚悟し、儂へ諫言したと言う。そうだったな？」

思わず頷く馮道の首の皮が割ける。流れる血を陶然として見つめた燕王は、まるで詩でも詠うような滑らかな声で言った。

「思うに、人はさもあろう。神と違い、さもあるべきだ。儂はお前の言葉を良し……としよう。さて、刑を言い渡す。まさしく凸刑を科すべきではあるが、死、一等を減じてやる。馮道を、大安山へ送れ！　死ぬまで放り込んで置くのだ」

大きなどよめきが起こった。燕王がとんでもない気紛れを起こしてくれた！　意表をつかれた判決に、人々は口々に叫び、足を踏み鳴らして騒いだ。その中で、馮道は唯一人呆然として立ち尽くす。彼には何が起こったのか、直ぐには理解できなかった。だいあんざん、だい・あん・ざん、大安山……、燕王の声が耳の中でこだまする。俺は本当に助かったのか？　馮道は燕王の端正な顔を見つめながら、その場に崩れ落ちた。

　馮道の命懸けの諫言にも拘らず、やがて燕王は易定討伐に乗り出す。その燕が晋に滅ぼされたどさくさに紛れ、馮道が大安山から韓延徽に救出されたのは、乾化《けんか》三年（西暦九百十三年）の十一月のことだった。あの劣悪な環境で、良く二年間も生き抜いたものである。その後、彼は契丹に亡命した韓延徽と別れ、秋娘と共に晋へ赴き、張承業に仕えて順調に出世する。彼は「五代十国」の乱世を見事に生き抜き、主君の興亡を尻目に五朝八姓十一君の宰相として活躍した。彼が君主の一身より、何よりも人民の生活を重視したからである。馮道の平和主義は、この燕国での異常な体験をもとに育まれたものではないか？

　他方、新興の異民族国家である契丹に亡命した韓延徽は、漢人の政事令《せいじれい》（宰相）として帝国の基礎作りに活躍する。彼の背後にはいつも契丹皇族の娘である観音《グァンイン》が控えていた。馮道と韓延徽が再び見えたかどうか明らかでない。

# 雨の匂いと風の味

よこやま　さよ

ワタルがはじめてうちに来たのは、梅雨入りしたばかりの六月のことだった。

晴天が続いた後の雨の日は、頑張って走り続けた後の小休止という感じで、体がゆるりとあるべきところに落ち着く気がする。絶え間なく落ちてくる雨粒が、外の世界と私の体との間に半透明の壁を作り、その中で私はあらゆるものから優しく遮断されて内へ内へと入り込んでいく。雨にけぶる景色が目に映ってはいるけれど、私は何も見ていない。ただそこにあるものを、そのまま感じているだけである。いつもより濃い緑の匂い、雨粒が静かに奏でる音色、水気を含んだ少し重いねっとりとした空気。

ワタルも、自分の世界の中で生きていた。翌年小学校に入学する年にはとても見えないほど小柄なワタルは、私の家で毎日本を読んでいた。それは本を捨てられない私が、子供のころ読んでいた少年少女文学全集といったものだが、三歳児ぐらいにしか見えないワタルは、それらを難なく読みこなしていた。ただ私は、本の感想をワタルの口から直接聞くことはできない。

なぜなら、彼は口がきけないからだ。

ワタルをうちに連れてきたのは、私の客のヒデさんだ。

私は「添い寝屋」で働いている。添い寝屋というのは、文字通り添い寝をする商売である。ごくありふれたパジャマを着て、店に来てくれる客と一緒に寝るだけだ。昼寝をする場所を提供する昼寝屋というのが一時期話題になったが、その昼寝屋に、オプションとして一緒に寝てくれる女性を付けたのが、添い寝屋である。客が、店で働いている女性の体に触れることは一切禁じられている。私はただ、客の傍らで横になって、請われるままに話をしながら、眠るだけである。

こんな店に来る客なんているのだろうかと最初は思ったが、店は意外と繁盛している。うとうとし、意識が遠のいて眠りの世界に入っていくときに、自分も気がつかない程度の軽い恐怖心を覚える人は、子供だけでなく大人になっても意外とたくさんいて、眠るときに誰かに傍にいて欲しいと願うのかもしれない。

ヒデさんが店にくるのは、必ず雨の日だった。私より六つ年上で三十四歳のヒデさんは、寝付くまでぽつりぽつりと話をし、一時間ほど昼寝をして帰っていく。最近見た映画や子供の頃飼っていたペットのことなど、寝る前の話の内容はたわいのないことばかりだが、うとうとしながらヒデさんと話をしている時はいつも、あたりの空気がとても柔らかくなっているように感じられた。私は雨の日を心待ちにするようになり、ヒデさんが店に来ない日はひどく落胆した。そして、そんな日々を繰り返し、いつしか二人は店でなく私の部屋で一緒に眠るようになった。

薄く開けた窓の隙間から、雨の気配が部屋の中に忍び込んでくる。昼前に目覚めた時はぼんやりと曇っていた空が、夕刻には早いというのに少しずつその暗さを増してきた。ベッドのシーツも少し湿り気を帯びてきたように感じられる。私は、隣で寝ているヒデさんの顔に手を伸ばし、鼻と唇の間をそっと指でなぞった。

「ひげのばしてるんだ」

ヒデさんは少しくすぐったそうに顔を小さく振った。

「なんかさ、口ひげってちょっとやらしいよね」

目を閉じたまま、ヒデさんは口の端で軽く笑った。

汗が引いて、少し体が冷えてきたので、胸元まで羽毛布団をひっぱりあげる。私はそのまま布団にもぐりこんでヒデさんの脇の下に顔を押し付けた。そして掌をヒデさんのおなかの上にすべらせる。

「前はもうちょっとおなかに肉がついてたよね。ヒデさんやせたんじゃないの」

「こら、美乃里、くすぐったいよ」

笑いながらヒデさんは、私の手首をつかんで、そのまま私の身体に腕をまわした。静かに雨の降り出す音が耳に届いた。

「降ってきたね。窓閉めてこようか」

ベッドから出ようとしたが、ヒデさんは無言で腕に力をこめたので、私はそのまま動くことができない。およそ八畳のワンルームの部屋には、極力色をおさえた最小限の家具しか置かれていない。床に置かれた間接照明のおだやかな黄色い光が、ぼうっと部屋を照らしていた。雨の音が少しずつ強まってくる。ひんやり冷たくて、湿り気で重くなった空気が、素肌にまとわりつく。世界から隔離されて、雨の中に二人きりで閉じ込められているような錯覚を起こしそうだ。

そのとき、静かに調和された世界を破るような違和感のある機械音が、かすかに耳に届いた。

「ヒデさん、携帯なってるよ」

「ん……」

軽くうなって、ヒデさんは少し腕の力を弱めたが、そのまま動こうとしない。一度鳴り止んだ携帯は、少し間をおいて再びカバンの中でくぐもった音を立て始めた。あきらめたように起き上がり、ヒデさんは下着一枚の姿でベッドから出た。そして携帯を取り出し、部屋の隅で私に背中を向けて、呟くように話しはじめた。低い音で流れている音楽にかき消されて、話の内容は聞き取れない。

背はそれほど高くないけれど、肩幅が広くてほどよく筋肉がついているヒデさんの後姿を、私はベッドの中からぼんやりと眺めていた。

すぐに通話をおえたヒデさんは、携帯をカバンにほうりこむと、窓辺に近づいた。

「もうそろそろ帰らなくちゃいけないんじゃないの」

「いや、大丈夫だ。それより、雨を見よう」

ヒデさんは、窓の傍に近寄り、大きくそれを開けた。雨の音が一気に部屋の中に流れ込んでくる。

ヒデさんは大工で、雨が降ると仕事が休みになることが多いので、二人が会うのはほとんど雨の日だ。

私はベッドの中から、下着一枚のヒデさんを少し笑って見つめた。

「その格好じゃ寒いでしょ」

私は起き上がり、シーツを持ってベッドから降りた。そして、二人で窓辺の床に座り込み、まるで大切な贈り物を包装するかのように、大きなシーツをふんわりと体に巻きつけた。雨は静かに降り続いている。

「入院はいつ」

私は、さりげなく尋ねてみる。

「おそらく今週末になると思うよ」

「さっきの電話？」

ヒデさんは答えないで、私の肩を抱く。

「やっぱりお見舞いには行っちゃだめ？」

「そうだね」

ヒデさんは窓の外に顔を向けたまま答えた。

「妻がね、毎日来ると思うから」

「電話もメールもできないの？」

「病室は、携帯持ち込めないからね」

ヒデさんは腎臓の状態があまりよくなく、その治療のために、しばらく入院する。

私はヒデさんの肩に口をつけ、血が流れない程度に軽く歯を立てた。

「連絡取れなくても大丈夫だよ。たいしたことないから。ただ……気がかりな事がひとつあるんだ」

ヒデさんは、少し眉間に皺をよせた。

「気になる事って何なの」

「甥のワタルのことは、この前話しただろう」

ワタルは、ヒデさんのお姉さんの子供だ。ヒデさんのお姉さんは、未婚でワタルを産んだが、半年前に突然事故で亡くなった。そして、子供のいないヒデさんがワタルを引き取ったのだが、ワタルは母親が死んで以来、まったく口が聞けなくなってしまったのだ。

「機能の問題じゃなくて、心の問題なんだ」ヒデさんは、そう言った。「よく話す子だったんだよ。姉が亡くなるまではね」

ヒデさんの奥さんは、一言も話さないだけでなく、幼稚園には頑として行かず、少しもなつこうとしないワタルをもてあましており、ノイローゼ気味だという。

「俺が入院している間、ずっとワタルと二人でいる自信がないって妻が言うんだよ。頼れる親戚もいないし、どこか施設に預けるしかないかなと思っている」

雨は激しさを増してきた。透明なカーテンさながらに、水滴は途切れることなく落ち続ける。

「ヒデさんが入院している間だけでよかったら、私が預かってもいいよ。少しぐらいなら、添い寝屋は休めるし」

それにヒデさんの甥と一緒にいると、ヒデさんと連絡が取れない間の不安や寂しさも、きっとまぎれると思う。

「そうしてくれると助かるよ。それに安心できる。こんなことというのは勝手かもしれないが、美乃里とワタルはおなじ匂いがするんだよ」

ヒデさんは続けて言った。

「上手く言えないけど、美乃里とワタルの周りの空気は同じ色をしているんだ。美乃里と一緒にいると、時々ワタルが横にいるんじゃないかと錯覚することがある。性別も年齢もまったく違うのに、どうしてそう思うのか不思議なんだけどね」

雨の日にヒデさんに連れられてやってきたワタルは、外敵から身を守るように体をこわばらせて、玄関に立ちすくんでいた。傘は手にしていたのだが、雨脚が強かったせいか所々雨に濡れており、顔についている水滴は、雨の雫なのか涙なのか見分けることが出来なかった。

ヒデさんが帰った後も、ワタルは殺気立って全身の毛を逆立てている猫のように神経を尖らせ、部屋の隅でじっとしていた。そして、私が何か話しかける度にびくっと体を震わせた。用意した食事には見向きもしなかったが、私の見ていないときに食べているようで、知らぬ間に食器はからになっていた。

私は、ワタルのそんな態度もあまり気にならなかった。話したいときにワタルに話しかけ、それ以外はただ一緒に部屋にいて同じ空間を共有しているだけで、私は、本を読んだりＤＶＤを見たりと好きなことをしていた。

日を追うごとにワタルは、私とそしてこの空間に慣れてきた。ぴりぴりしている猫のようだったこの少年は、どうやらここは自分の縄張りだと認識したようだ。食事も一緒にするようになった。私の本棚に興味を持ったようなので、好きなのをどれでも読んでいいよと声をかけると、いつも何か引っ張り出して読むようになった。

私は、幼い頃を思い出していた。あの頃、私には他の人には見えない友達がいた。そして私は、その友達と話していると、とても気持ちが安らいだ。親はそんな私を心配していたけれど、私にとってそれは宝物のように大切な時間だった。ワタルがうちに来てから、私は何故かその頃のことを頻繁に思い出すようになった。

雨が綺麗にあがった後は、木々の緑がいっそう濃くなり、くっきりと浮かび上がる。葉の上のまるくふくらんだ水滴は、光を反射してキラキラとゆれている。

その日、私とワタルは大きなおにぎりをたくさん作って動物園にやってきた。ごはんの中にワタルの好きな鮭の身をほぐして入れ、塩味をしっかりつけて丸く形を作り、大きなのりでぐるりと巻くと、世界一のごちそうができあがる。

そのおにぎりと、黄色くつやつや光る玉子焼きの入ったバスケットをさげて、ワタルと私は動物を見てまわった。象を見て、サルを見て、ライオンを見て、キリンを見て、そしてそのすぐそばにあるナマケモノの檻の前で、二人は立ち止まった。

ナマケモノは、長い手で木にぶら下がっていた。その顔は、泣いているようにも見えるし、笑っているようにも見える。あるいは、泣きたいのをこらえて、無理に笑っているのかもしれない。

動物園では地味な動物であるナマケモノを、ワタルは飽きもせずに見つめていた。

私は以前、動物園の飼育係をしている添い寝屋の客から、聞いた話を思いだした。

「ワタル、キリンとミユビナマケモノとでは、どっちのほうが首の骨の数が多いと思う？」

私は、ワタルに問うた。

ワタルはしばらく考えて、隣の柵の中にいるキリンを指差す。

「残念でした。キリンの首の骨は七個、ミユビナマケモノは九個です」

ワタルは、不服そうな表情で、ナマケモノをじっと見ている。

「人間の首の骨も、キリンと同じ七個なんだって。でもワタルと私は怠け者だから、きっと九個あるよ。神様がふたつ余分にプレゼントしてくれたんだよ」

ワタルは私の顔を見て、怒るべきか笑うべきか迷っているような、複雑な表情をする。そして再びナマケモノに目をやる。

「ナマケモノは昔、何も食べないで風から栄養を採っていると思われてたんだって。人間も風を食べて生きていけたらいいね」

ワタルは、餌をねだる魚のように口をパクパクさせて、緑の匂いのする風をほおばった。

「だめだよ、ワタル。おなかいっぱいになったら、おにぎりも玉子焼きも食べられないよ」

いいよ、僕は風を食べて生きていくから。まるでそう言いたげに、ワタルは笑顔で駆け出した。私も笑って追いかける。揺れる木漏れ日が、眩しいぐらいに輝いていた。

結果的に私とワタルは、ヒデさんの予想通りとてもうまくいった。

ヒデさんは、時々病院の公衆電話から、電話をかけてくれた。体は順調に回復しているらしい。ワタルと私が仲良くしている様子聞いて、ヒデさんは満足そうだった。

「ほら、やっぱり俺の言った通りだったろう。美乃里とワタルは、どこか似ている。きっとうまくいくと思ったんだよ」

確かにワタルと私は、いろいろな面でよく似ていた。私たちは二人とも眠るのが好きで、夜だけでなく昼間もよく眠った。やわらかいオレンジ色の日のさすリビングで、公園の木漏れ日の中で、時間がそこだけ止まったように感じる少し埃っぽい町の図書館で。高い空や天井から眠り薬の粉がパラパラと降ってきて、ワタルと私の上に少しずつ積もっていく。そして、ワタルと私は知らぬ間に夢の世界に入っていく。現実と夢の世界の境界はいつも曖昧で、夢の中でもそこは現実と同じ部屋の中だったり、二人で図書館で本を広げていたりして、ここは夢なのか現実なのかと私たちは途方にくれる。

「美乃里ちゃん、ねえ、美乃里ちゃん。僕たち、夢を見ているの？」

ワタルが私を呼ぶ声を聞き、ああ、ここは夢の世界なんだと私はそこでようやく気づく。話せないワタルは、夢の世界で饒舌な少年となる。

「ねえ美乃里ちゃん、ここには何もないね。何もなくて、でも、とってもいい気持ちだね」

いい気持ちだね、ワタル。私はそう返事をして、指の先から少しずつ力が抜けていき、体が解放されるのを感じている。

ワタルが話さない事は、私にはまったく気にならなかった。言葉はそれほど必要なものなのだろうか。言葉がなかったら傷を負わなかった人が、世界中にはたくさんいる。私たちはいつも言葉という武器により、満身創痍になる。表面的なものに惑わされると、本当のことが見えなくなってくる。でもワタルは、いろんなことがとてもよく見えているようだった。

ワタルは時々、何もない空間を見つめて、何か言いたげな表情をしていることがある。言葉は出ないが、指差したり首を振ったりしながら、必死で何かを伝えようとしている。ああ、いるな、と私は思う。見えないけれど、ワタルが見つめる空間に気配を感じる。子供の頃は私にも見えていた。でも、私の背が一センチ伸びるごとに、それはどんどん薄くなってきて、時には後ろの壁が見えるぐらいに透けてきた。

そして初潮をむかえたときに、とうとうその姿は完全に見えなくなった。

でも、大人になった今でも時々気配を感じることはある。あっと思って目を向けると、すでにワタルがそちらのほうを指差している。ワタルと暮らすようになってから、私にまた子供の頃の能力が戻ってきたのか、全く見えなくなっていたはずなのに、時々視界を何かが横切るようになった。まだその姿をはっきり捉えることは出来ないが、ひどくなつかしい感覚がその瞬間よみがえる。

「ワタル、妖精さんが通ったね」

私が言うと、ワタルは我が意を得たとばかりに、大きく頷くのだった。

その日も静かに雨が降っていた。白くまが出てくる絵本の通りに作ったホットケーキをおやつに食べた後、リビングで思い思いに寝転がって本を読みながら、ワタルと私はいつの間にか眠ってしまった。夢の中で、私は必死で何かを叫んでいたような気がするけれど、何を言っていたのか、思い出すことはできない。目が覚めたときには、うっすらと汗をかいていた。

眠りから覚めるときは、夢の世界と現実の境界線でしばらく意識がただよっている。ぼんやりしながら、隣で寝ているワタルに目をやった。ワタルはいつも、とても静かに寝ているので、息をしているのかどうか心配になって、私は時々ワタルの顔を覗き込む。その日のワタルは、いつもより寝息が荒かった。おでこに手を当てると、じんわりと熱が伝わってきた。薄く目を開けたワタルに、薬を買ってくるからちょっと待っててねと言い、私は急いで薬局に向かった。

風邪薬と水分補給用のスポーツドリンク、額に貼る熱さましのためのシートを買って帰宅したのは、家を出てからちょうど三十分後ぐらいだったと思う。

家に戻ると、かけたはずの鍵が開いていて、ワタルの姿は消えていた。どこかに隠れているのかと、洗面所やクローゼットの中まで探したけれどワタルはいない。

　私は、外に走り出た。

「ワタル、ワタル」

　ワタルは一人で寝ているのが心細くなり、買い物に出た私を追いかけて見失ったにちがいない。私は、ワタルの名を呼びながら、傘もささずに雨の中を走り回った。いつもの路地では、雨宿りをしている三匹の野良猫が、いったいどうしたのかと問うているように、走り回る私をじっと見ていた。

　どれだけ捜しても、ワタルの姿はどこにもなかった。

　肩を落として部屋に入ったとたんに、電話がなった。濡れた髪から滴り落ちる水滴にもかまわず、私は、跳びつくように受話器をとった。

「ワタル？　もしもし、ワタルなの？」

「どうした、ワタルになにかあったのか」

　受話器のむこうから、ヒデさんの声が聞こえた。

「ヒデさん、どうしよう。ワタルがいなくなっちゃったよ。買い物に行ってる間に。熱もあるのに。どうしよう、どうしよう」

「落ち着け、美乃里。ワタルは大丈夫だ」

「どうして、そんなことがわかるの。どうして……」

病院の廊下の片隅におかれている公衆電話からかけているらしく、受話器を通して、誰かが看護士を呼ぶ声が遠くに聞こえた。

「大丈夫だ。ワタルを連れて行ったのは、妻だ」

私は、ヒデさんの思いもよらない言葉に、あっけにとられた。

「……。奥さんが……」

「美乃里、落ち着いて聞いてくれ。妻に知られてしまった。美乃里とのことも、すべて」

「……」

「美乃里がワタルを預かっているのは、自分から俺を奪うためだと言うんだ」

「そんな……」

「違うといっても聞く耳を持たない。美乃里とのことは、俺には弁解の余地もない。美乃里と一緒にいると安らいだ。この世界と自分との接点が見つかったような気がした。全て勝手な言い訳でしかない」

「私も、ただヒデさんと一緒にいる時間が好きなだけだよ。奪おうなんて思ってない。ワタルのこと、ヒデさんのことは別だよ。私は、ワタルが大好きで、きっとワタルもそうだよ。ずっと前、そう、この世界に生まれるずっと前から、私とワタルは一緒にいたような気がするんだよ」

「美乃里、ごめん。ワタルは、妻が面倒を見ると言い張るんだ。美乃里に預けておくのは、絶対に許さないと」

「でも……」

ヒデさんは気がついていないかもしれないが、うちに来たときワタルの体には、服に隠れて見えないところに、青い痣がいくつかあった。

「ごめんな、美乃里。電話するから。退院はもう少し先になりそうだけど、この先どうなるか今は何も言えないけど、電話するから」

受話器を置いた後、私は濡れた服を着替える気力もなく、その場にうずくまってしばらく動けなかった。あたりは薄闇につつまれており、雨の中で競うように鳴いている蛙の声が、まるで何かを暗示するかのように響いていた。


ヒデさんと出会う前、私は毎日何をしていたのだろう。そして何よりワタルがうちに来る前、私は何を考え、何を思い、どんなふうに日々を過ごしていたのだろう。ワタルと暮らす日常はすっかり私のものになっていたので、その心地よい時間をなくした私は、途方にくれた。

ワタルは元気にしているのだろうか。毎日、笑ってご飯を食べているだろうか。相変わらず本ばかり読んでいるのだろうか。

ヒデさんは、時々電話をくれた。

「大丈夫だ、幼稚園には行こうとしないけど、ワタルは元気にしているらしいよ」

ヒデさんの言葉を通してしか、今の私にはワタルの様子を知るすべがなかった。

ワタルがいなくなって、どのぐらいたつのだろう、時間は淡々と過ぎていった。私は添い寝屋の仕事を再開した。もちろん、入院しているヒデさんが来ることはなかった。退院してからも、もう来ることはないかもしれない。添い寝屋にも、そして私の部屋にも。

「今日はもうあがりだって言ってたよね。よかったら、この後一緒に食事に行かない」

時々、このように客に誘われることがある。その日も、食事に誘ってくれた四十がらみの痩せぎすの男の申し出を、やんわりと断ろうとした。

「行きたいのですが、でも」と、言いかけたそのときだった。その男の肩の辺りに、それは突然現れた。少女だった頃の、私の友達。そして、ワタルと暮らすようになってから、時々気配を見せていたそれは、突然その姿を現した。

背の高さは十センチにも満たない、背中に羽を持つ女の子。

はっきり姿を見たのは、何年ぶりだろうか。ワタルがいなくなってからはその気配すら感じることがなかったのに、なぜ突然、今ここに現れたのだろう。

しばらく呆然としていた私を、迷っていると判断したのか、男は「おいしい鱧を出す店が近くにあるんだけど、どうかな」と、さらに言葉を重ねた。相変わらず、それは男の肩の辺りにいる。男は、それに全く気づく様子はない。

私は、男と一緒に添い寝屋を出て、タクシーに乗った。車に乗りこむと、それは現れたときと同じように突然姿を消した。車を降りるわけにもいかず、私はがっかりしてシートに身を沈めた。隣に座っている男がずっと話し続けていたが、その言葉は耳を素通りし、私は生返事を繰り返すばかりだった。

十分ほど走った頃だろうか、それは再び姿を現した。信号待ちで止まったときに、ふと外に目をやると、窓の外側にいてこちらを見ていた。そして、私の視線をとらえるとすぐに、車から離れてわき道のほうへ飛んでいこうとした。私は、いきなり車のドアを開けて降車し、後部座席で唖然としている男を残して、追いかけた。

それは、わき道に入るとすぐに、一軒の家の前で止まった。そして私が追いつくと、その家の扉の前で、まるで空気に溶けたように消えてしまった。

私はしばらく、それが消えた空間を見つめ、その家の前で立ち尽くしていた。心臓がどくんどくんと高鳴り始めた。

その家の表札には、ヒデさんのフルネームと、奥さんであろう女性の名前とが並んで書かれていた。私はまるで吸い寄せられるように近づいて、呼び鈴を押した。二度三度と押したが、応答がない。

私はこんなところでいったい何をしているのだろう。ヒデさんの奥さんは、出かけているのだろうか。もし、在宅していたとしても、私は招かれざる客だ。もう帰ろうと思ったときに、家の中で物音が聞こえた。私は思わず扉のノブに手をかけた。鍵が掛かっていなかったのか、ドアノブをまわすと扉は静かに開いた。

こんにちは、と玄関で何度か声をかけてみたが、応答はない。私は、迷わず靴を脱いであがりこんだ。見つかれば、家宅侵入で罪になるのだろうか。それでもかまわない、少しでいいからワタルの顔が見たい。廊下を奥のほうへと進んだ。突き当たりの部屋の前で私は立ち止まった。予感はあった。きっとワタルはここにいる。胸がざわざわした。

　部屋の扉を開けたとたんに、異臭が鼻を突いた。

　そこにいたのは、ガリガリにやせ細った少年だった。その少年は、片足を鎖で柱につながれて床に横たわっていた。

「ワタル、ワタル」

　私は、声を上げて少年に駆け寄った。一瞬別人かと思ったが、それは確かにワタルだった。私はワタルをひざの上に抱えあげ、抱きしめた。

「ワタル、私だよ、美乃里だよ。ワタル」

　ワタルは薄く目を開けた。そして、枯れ枝のように細くなってしまった腕を、弱々しく私のほうに伸ばした。

「ワタル」

　私はワタルの手をにぎり、名を呼んだ。

　そのとき、ワタルの口がかすかに動いた。私は、耳をワタルの口元に近づけた。

「僕、風を食べて生きていたんだよ」

　やっと聞こえるぐらいの小さな声で、でもはっきりとワタルはそう言った。それは、私が初めて聞いたワタルの声だった。

ワタルと私は顔を見合わせ、泣きながら微笑んだ。その顔は、神様から九つ頚椎を与えられたミユビナマケモノの、泣き笑いをしているような表情にそっくりだった。

雨の匂いを含んだ風がどこからか入ってきて、ワタルの髪を優しくなでた。

# 解説

志村有弘

現代作家代表作選集は、二十一世紀の一つの記録、換言すれば後世に残す文化事業として企画されたものという。鼎書房が存続する限り続けるらしいが、その刊行もはや第七集となった。今回収録七篇の作品は、いずれも同人雑誌に掲載されたもの、あるいはそれを根幹として書き改めたものである。

**小野允雄**（おの・まさお）の「**麦藁帽子**」は、同人誌「北狄」一九九三年十二月号に掲載された。一九六二年の夏、「僕」は大学生のとき友人の郷里の長崎へ行き、帰途、本州の最南端のU市に住む叔父（S市の高校の美術教師）を訪ねた。「僕」は滞在した三週間のあいだに、叔父の家近くの北原彰子（S市の短大生）と知り合う。「僕」は彰子と海へ行き、ボートに乗り漕ぎ出したとき、彰子がオールを海に落し、押し寄せる波と戦い、遂には「僕」は海に飛び込み、必死の思いでオールを拾い上げて陸地に戻った。なぜかこの事件についてふたりは誰かに語ることはなかった。叔父の家から帰るとき、彰子は麦藁帽子をプレゼントしてくれた。その後「僕」は彰子と会うこともなく、手紙を出すこともなかった。一九七六年夏、妻がお産で実家に帰ったので、「僕」は五歳の娘を連れて東北の郷里に帰った。勉強部屋はそのままにしてあり、本棚を見ると、本と本との空間に麦藁帽子が置かれていた。これが作品の梗概である。「僕」は彰子に恋心を抱き、彰子も「僕」に好意を抱いている。しかし、それを素直に言い出すこともできず、彰子が東京に遊びに来ているにもかかわらず、素直に会いたいとは言えなかった。青春の甘酸っぱさと共に、素直に会うことができないもどかしさもよく描かれている。これも人生というものであろう。日差しの強いU市に滞在していたとき、「僕」も彰子も麦藁帽子をかぶっていた。彰子にとっても麦藁帽子は夏の思い出なのである。素直で好感の持てる作品だ。全篇を流れる抒情性も美しい。他に小野は『余命半年からの生還』（幻冬舎ルネッサンス）も出している。なお、小野の所属する「北狄」は青森を拠点として、創刊以来長い歳月を経過した優れた同人誌であることを付記しておきたい。

**金山嘉城**（かなやま・かじょう）の「**匂いすみれ**」は、「渤海」第二十六号（一九九二年九月）掲載の作品。主人公の住む町は雪国。時は歳末。現実と想念の世界が交錯する。作品の軸の一つはマンスフィールドの作品に出てくる「すみれ」。冒頭部分における「私の記憶」のあいまいさを強調するためか、作者がもどかしい描写をしていることに気づく。作者の技倆である。文体を変化させる技も備えている。現実世界での平穏な家庭の描写はまことに明るい場面を示す。そこに突然、娘の婚約者が山で遭難したのではないかという緊迫した状況を設定する。「においすみれって、どんなにおいがするのか、と思った」という最後の一行も効果的だ。金山は同人雑誌「青磁」第三十二号（二〇一三年一〇月）に小説「龍子触発」を書いている。また、現代作家代表作選集第5集（鼎書房、二〇一三年一〇月）

に小説「羚羊」を掲載しており、この作品も「匂いすみれ」・「龍子触発」同様、山岳と関わりのある内容となっている。そのあたりにこの作者の志向が伺えるようである。そして「匂いすみれ」や「龍子触発」を読むと、花の匂いに敏感な人と見た。山岳と花、外国文学への強い関心……。金山文学はこうした幅広い知識・志向を根底として成り立っている。

**林　知佐子**（はやし・ちさこ。本名、上田知佐子）の書簡体小説「**ちゃあちゃん**」は、同人誌「奇蹟」第六十六号（二〇一二年七月）に掲載された。主要な登場人物は、母と霧島晶吾と千晴。母は高校教師霧島晶一と結婚して晶吾が生まれたけれど、駆け落ちして夫と子のもとを去った。母は駆け落ちした男と別れ、二度目の結婚で娘の千晴が生まれた。だが、夫は娘が三歳のときに死去した。母は娘を育てるために懸命に働いた。母は娘の成人式を前に、今は成人した息子の晶吾に手紙で金の無心をした。晶吾から金ではなく振袖が送られてきた。金の無心をし、元の夫である晶一の思い出の品を送ってほしい、晶吾の写真を欲しいと願ったのは、全て母が晶吾とのつながりを絶ちたくない思いからであった。五十年ぶりに息子と会い、詫びを入れた母の姿が印象的だ。晶吾の言動も爽やかだ。千晴の息子がかつての晶吾と同じく祖母（晶吾の実母）を「ちゃあちゃん」と呼ぶのは、不思議な血の縁というべきか。作品中途の母の手紙の内容にとまどいを感じないでもないが、読み進めてゆくうちに、千晴の説明で納得できる。母はかつて男と共に駆け落ちし、その娘も夫の不倫で一人息子を育てる状況となる。人には人の人生がある。どのような人も幸せに成る権利がある。そのために人は懸命に生きてゆく。因果は巡るという言葉を想起しないでもないが、人はそれぞれの思いを引きずりながら生きてゆくのだということを感じさせられる。いい作品だ。虚飾のない素直な文章も好ましい。

**葉山弥世**（はやま・みよ）の「**朝ごとに**」は、一九八八年一月、第二十回北日本文学賞推奨作となった作品で、創作集『赴任地の夏』（近代文芸社、一九九一年）に収録された。重い内容の作品だ。舞台は原爆投下から四十年後の広島。克江とその母は被爆し、原爆手帳を持っているが、人から気を遣われることを望まない。母は二人の息子と舅姑を原爆で亡くしている。テレビの中とはいえ、中国残留孤児のことも示される。母は自分の父がビルマで戦死し、自らも原爆で心身に痛手を受け、缶詰工場やマーケットの店員をしながら克江を育てた。克江は短大を卒業して薬品販売会社に就職した。母は克江が小学校六年生のころ、洋裁店を開き、そのあと手作りバッグの店に切り替えた。克江は木原と恋愛し、妊娠したけれど、木原は親の反対を理由に去っていった。登場人物は、それなりに苦労を背負い込んでいる。煙草を買いに来る男も家庭の中で気苦労を有しているらしい。水商売の母を持つ女の子も母に電話をかけるふりをしたり万引きをするなど心の寂しさを抱いている。木原が肝硬変（後に肝臓癌）を患った。友人の直子から見舞いに行かないかと誘われたが、行く気になれない。そうではあるが、作品は「ふっと、木原を見舞ってやろうかと思」ったところで終わる。見舞いに行ったかどうかは分からないとはいえ、克江がこうした気持ちを抱くのも、過去に被爆という重い十字架を背負って生きてきたからだと思う。克江にとって失恋は大きな痛手であった。しかし、その後は仕事に没頭し、異例の早さで係長にまで昇進した。とはいえ、心の空しさは拭うべくもなかった。そうして母の店を継いだ。作者は原爆が投下された日のことを「あの日」と記す。今は林立するビルの下に、かつて「無念の死を遂げた二十万人もの人々の鮮血が流れ」たのだ。「あの日は繰り返してはいけない」と述べる作者の心の中の悲痛。毅然として生きる母も克江の姿も凛として見事だ。読者は「あの日」のことを根底にするこの作品を決して忘れてはならないと思う。葉山は「水流」・「広島文芸派」・「かいむ」などの同人誌に所属し、前掲『赴任地の夏』の他、これまで『愛する時あり』（一九九四年）・『追想のジェベル・ムーサ』（一九九七年）・『風を捕える』（一九九九年）・『春の嵐』（二〇〇一年）・『幾たびの春』（二〇〇三年）・『パープルカラーの夜明け』（二〇〇六年）・『城塞の島にて』（二〇〇九年）・『たそがれの虹』（二〇一一年）と、九冊の単行本を近代文芸社から出している。こうした着実な営みも葉山の文学に対する熾烈な情熱を示している。おのれの文学を信じ、弛まぬ精進を続けている人だ。

**堀江朋子**（ほりえ・ともこ）の「**川のわかれ**」は、同人誌「文芸復興」第一〇九号（二〇〇二年五月）に発表された。作品の主人公で語り手は千冬。千冬は移り住むことになっている新宿のマンションが出来上がるまで、姉の勝子夫婦が暮らしている川崎の実家に仮寓する。千冬は夫を介護ホームに入れている。勝子と夫玲二（鹿児島出身で六十五歳を過ぎているが、出向社員であるため、まだ働いている）の仲は冷ややかであった。玲二には愛人がいた。ふたりのあいだに生まれた息子は大学を卒業したときに癌で他界した。勝子と玲二との間には相容れることのない深い溝ができている。そうでありながら、勝子は玲二と別れることはできない。玲二も家を出て行こうとはしない。年老いた母（吉乃）は娘の勝子と玲二との不仲を知りながら、玲二に「勝子を頼む」と頭を下げた。母の姿が悲痛である。各々が自分の思うように生きているといえばそれまでだが、玲二は新しいマンションに引っ越す千冬に花を渡したり、夕飯を食べに誘うなど、自己本位だけの人物ではない。勝子も千冬の娘の優子を可愛がっている。玲二に愛人がいること、勝子と玲二の不仲が、家の中に気まずい空気を漂わせている。「孤独も老いも死も、やがて我が身に訪れる」という文章が見えるが、千冬が思う「今を存分に生きることにしか興味がない」ということでよいと思う。勝子は千冬が引っ越す日に合わせて、スペイン旅行に出立した。多分、千冬や優子がいなくなった家に夫と二人だけで暮らす息苦しさを避けたのであろう。老母の苦衷、勝子の煩悶、千冬の夫に対する呵責……人はそうした心の悲しみを抱きながら生きてゆくのであろう。末尾の「玲二は勝子の留守中に女に会うのだと思った」という文章が、勝子夫婦の前途、また千冬の思いが表現されているようである。ところで、堀江朋子は詩集『黒の時代』の作者上野壮夫の娘である。堀江はこれまで、『風の詩人　父上野壮夫とその時代』（朝日書林、一九九七年）・『白き薔薇よ　若林つやの生涯』（図書新聞、二〇〇三年）・『夢前川』（図書新聞、二〇〇七年）・『三井財閥とその時代』（図書新聞、二〇一〇年）・『日高見望景　遙かなるエミシの里の記憶』（図書新聞、二〇一二年）・『菅原道真と美作菅家　わが幻の祖先たち』（図書新聞、二〇一三年）などの著作を出している。堀江の著述に強く感じるものは、我が〈家〉への懐かしい視線である。『風の詩人』はむろんのこと、『白き薔薇よ』の場合でも『菅原道真と美作菅家』の場合でも、堀江の母（小坂多喜子）が大きく存在している。歴史にも古典にも詳しい人だ。『日高見高原』は古代東北の歴史を徹底的に調査し、『菅原道真と美作菅家』は道真とその周辺を詳細に調べている。堀江は、第三次「文芸復興」の第二十二号（通巻一二二号）から代表兼編集長の任にある。「文芸復興」は途中の空白期間があるもののおよそ七十年の長きにわたって出されて来た同人雑誌の名門である。上野壮夫が第一次の編集長を務めたことがあり、第一次とか第二次とかの分類を度外視すると、同誌には小坂たき（多喜子）や宮地嘉六なども執筆している。かつて、私が「文芸復興」宮地嘉六追悼号のコピーを入手できたのは、宮地の娘（青木弥生子）から送られたものであったろうか。近年のことでいえば、「文芸復興」通巻第一一八号（二〇〇七年十二月）に「夢を生きて―社会に生きた三井財閥の女性たち―（三井取材ノートから二）・「再び、北上へ―北上市口内町そして若山牧水の碑―」、第一二〇号（二〇〇九年五月）に「チャレンジャー・リポート―須崎御用邸と旧三井海洋生物学研究所―三井取材ノートから㈢」、第一二二号（二〇一〇年七月）に「矢田津世子の手紙―矢田津世子と佐伯郁郎―」・「「文芸復興」の歴史―新任の挨拶にかえて」、第一二五号（二〇一二年八月）に創作「傷跡」、第一二六号（二〇一二年十二月）に「菅原道真と美作菅家―我が幻の祖先たち（一）」、第一二七号（二〇一三年七月）に「菅原道真と美作菅家―我が幻の祖先たち（三）」（今回は（二）ではなく（三）を入れた旨が編集後記に記されている）などを発表している。「傷跡」は「川のわかれ」と同じく千冬物。ここでは姉弟愛が悲しい旋律を奏で、美作菅家の血筋のことも記される。ともあれ、堀江朋子という作家のひたむきな文学魂を称えたい。

**森下征二**（もりした・せいじ）の「**燕王の都**」は、「文芸復興」通巻第一一二号（二〇〇四年一月）・「文芸復興」第一一三号（二〇〇四年七月）に分載され、今回、それを改めて書き直したものである。廟議で宰相王瞳が燕王を皇帝に推戴したいと伝えた。そのことに反対した孫鶴は凸刑に処され、その薄く剥がされた肉片は廟議の場にいた者たちに配られ、馮道（主人公）自身は食べたかどうかは判然としないうちに気を失った。馮道は死を覚悟して燕王の易定討伐を諌め、罰として大安山へ送られることになった。そして燕が晋に滅ぼされたとき、友人の韓延徽に救出され、晋の張承業に仕えて、遂には宰相となる。平和主義者の馮道の人間像がよく描かれており、潔く死んでいった孫鶴や李承勲の言動も見事だ。馮道の愛する秋娘の人柄もいい。人間が生死の境に立ったとき、どのような態度を示すか。怯え、震えながらも燕王に諌言した馮道の人間性が光る。森下は「文芸復興」・「まんじ」・「文学市場」に所属して、文学活動を行っている。史遊会編『歴史のみち草』（彩流社、二〇一〇年）には「釵頭鳳」が収録されている。中国史に深い関心を抱いており、また、時代小説も評論・随想もよくする。むろん、日本を舞台とする作品も書く。「文芸復興」第一一八号（二〇〇七年十二月）に歴史随筆「歴史の中の散歩道」を書き、同誌第一二〇号（二〇〇九年五月）に市井に材を取った時代小説「おさん狐の宿」、同誌第一二二号（二〇一〇年七月）に「「狂」ということ—松元眞氏の「父平林彪吾とその仲間たち」を読んで—」、同誌第一二五号（二〇一二年八月）に中国の古代を舞台とする小説「褒似」、同誌第一一六号（二〇一二年十二月）に日本の奈良時代を舞台とする小説「山妖記」を書き、同誌第一二七号（二〇一三年七月）掲載の「断腕太后」はやはり古代中国に材を得た小説である。さまざまな分野の作品を書きこなせる人だ。

**よこやま さよ**「**雨の匂いと風の味**」は、「樹林」第五〇二号（二〇〇六年秋号〈十一月〉）に発表された。主人公は添い寝を商売としている「私」（美乃里・二十八歳）。客のヒデさん（大工・三十四歳）が時々添い寝に訪れる。「私」はヒデといるとき、「あたりの空気がとても柔らかくなっているように感じられ」る。ふたりは「私」のワンルームで寝るようになった。ヒデは腎臓病のため、しばらく入院することになり、そのあいだ甥のワタルを預かってほしいと願った。ワタルはヒデの姉（未婚）の子で、姉が突然事故で亡くなってから口を開くことができなくなった。ヒデの妻は、幼稚園にも行かず、なつこうとしないワタルを持て余し、ノイローゼ気味になっている。こうしてワタルは「私」のところに来た。ワタルは初め、神経をとがらせていたが、しだいになついてきた。動物園に出かけたおりの「私」とワタルの言動が心に残る。幼いときの「私」には妖精が見えた。ワタルも見えるらしい。ワタルと一緒に住むようになってから、「私」は再び妖精が見えるようになった。ある日、熱っぽいワタルのために薬を買いに行ったあいだに、ヒデの妻がワタルを連れ去ってしまう。妻は「私」に夫を奪われると思ったのだ。不思議なことが起こった。背中に羽をつけた十センチにも満たない女の子に誘われて、「私」はヒデの家にたどりつき、足を鎖でつながれて痩せ細ったワタルを見た。ワタルは初めて口を開いて、「僕、風を食べて生きていたんだよ」と話す。「私」はワタルの髪の毛を「優しくなでた」ところで作品は終わる。このあと作品がどのように展開するのかは、推測する以外にない。ヒデの妻にヒデとは会わないから、ワタルを引き取らせてほしいと願ったものか、それも判然としない。妻の行動から見て、妻がそう簡単に「私」の要求に心を開くことはないだろう。添い寝屋という商売を考えると、少年少女に向けて書かれた作品ではない。しかし、心優しい人間愛、人の善性というものをしみじみと感じさせる作品だ。「私」の心の優しさは天性のものだ。磨かれて作られていったものではない。ヒデは美乃里とワタルが「おなじ匂いがする」・「美乃里とワタルの周りの空気は同じ色をしている」と言う。動物園で「私」がワタルに「ナマケモノは昔、何も食べないで風から栄養を採っていると思われてたんだって。人間も風を食べて生きていけたらいいね」と語りかける。これが末尾部分のワタルの言葉と呼応するのだが、心温まる作品だ。作中に見える「私たちはいつも言葉という武器により、満身創痍になる」という文は、決して忘れてはならない言葉である。この作家はこの作品一篇を書き得ただけでも、文学世界に身を置いたことに僥倖を感じるべきだ。よこやまは同人誌「せる」に所属している。「せる」も立派な同人誌だ。「せる」第九十一号（二〇一二年十一月）掲載のよこやまの「ピース・オブ・ケーキ」は、洋菓子工場でパートとして働く香苗（四十歳）の姿を描く。香苗は離婚歴があり、正社員ではない五歳年下の男（正志）と同棲している。セクハラを行う工場長、底意地の悪いパートの古株の辻、辻に追従するパートの女性たち、香苗に好意を寄せるアルバイトの浪人生小野。最後に示される正志の心優しさ。よこやまの作品は、やりきれない人生の中に一筋の光とでもいうべきものを感じさせてくれる。

（相模女子大学名誉教授・文芸評論家）

現代作家代表作選集　第7集

発行日　二〇一四年五月二〇日
解　説　志村有弘
発行者　加曽利達孝
発行所　鼎　書　房
〒132-0031　東京都江戸川区松島二-一七-二
TEL・FAX　〇三-三六五四-一〇六四
印刷所　太平印刷社
製本所　エイワ

ISBN978-4-907282-11-0　C0093

# 現代作家代表作選集

## 第1集

こけし——菊田英生
とおい星——後藤敏春
小糠雨——小山榮雅
ティアラ——斎藤冬海
紅鶴記——佐藤駿司
みずかがみ——三野恵
ぬくすけ——杉本増生
鯒（こち）——西尾雅裕
解説——志村有弘

978-4-907846-93-0

## 第2集

贋夢譚 彫る男——稲葉祥子
アラベスク——西南の彼方で——おおくぼ系
一番きれいなピンク——紀田祥
夏・冬——西尾雅裕
東京双六——吉村滋
解説——志村有弘

978-4-907846-96-1

## 第3集

二十歳の石段——木下径子
炬燵のバラード——桜井克明
文久兵賦令農民報国記事——中田雅敏
イエスの島で——波佐間義之
解説——志村有弘

978-4-907846-98-5

## 第4集

傷痕——斎藤史子
じいちゃんの夢——重光寛子
瑞穂の奇祭——地場輝彦
てりむくりの生涯——登芳久
雪舞——藤野碧
落下傘花火——渡辺光昭
解説——勝又浩

978-4-907282-04-2

## 第5集

孤独——愛川弘
古庄帯刀覚書——笠置英昭
羚羊（かもしか）——金山嘉城
南天と蝶——暮安翠
死ない蛸——紺野夏子
月見草——山崎文男
ミッドナイト・コール——和田信子
解説——勝又浩

978-4-907282-07-3

## 第6集

誰も知らない My Revolution——加藤克信
渡良瀬川啾啾——小堀文一
去年（こぞ）の雪——塩田全美
鷹丸は姫——谷口弘子
最後の晩餐——中田雅敏
解説——勝又浩

978-4-907282-09-7

（各巻　本体1,600円＋税）